EL ASILO SANTO

MIGUEL ESTEBAN GONZÁLEZ

2018

INFINITY BOOKS
BUSINESS

ISBN 978-9962-12-809-0

Literatura Panameña

Primera Edición: Agosto de 2018
Miguel Esteban González

Editor Literario: **Ariel Barría Alvarado**
Diseño de Portada: **Javier Alejandro @itsjalejandro**
Corrección de estilo: **Martha Brumas de González**
Fotografía del autor: **Alcides Moreno @alcidesmorenofoto**
Diagramación: **Sofía Jiménez**

Edición Amazon

Puede ser muy peligroso escarbar ciertos secretos; sobre todo esos que los muertos han decidido llevarse a su tumba.

Capítulo 1
Voces en el silencio

Asilo Santo, Antón, provincia de Coclé,
Panamá, enero de 1977

El canto quejumbroso del anciano, postrado en su cama, rompía el silencio que enmohecía los inmemoriales muros del asilo.

Enclavado en medio de la fría zona montañosa de El Valle de Antón, el lugar parecía esconderse entre el arbolado y neblinoso paisaje de los alrededores.

En su aposento, dentro del asilo, el anciano canturreaba la misma melodía con la que venía combatiendo el silencio tenaz durante los últimos años: *Historia de un amor*, el conocido bolero que él repetía incansablemente mientras durara el día. Por las noches, algo lograba silenciar, por momentos, su recital perpetuo. Era imperceptible. Nadie sabía qué apagaba su voz.

Cuando esto ocurría, otra fase de sus desvelos iniciaba. Dirigía el rostro hacia el norte de la habitación, manteniendo sus ojos abiertos en medio de la oscuridad, aflorando sus pupilas albinas. Su frágil y decadente cuerpo parecía resquebrajarse, con cada movimiento lento que ejecutaba. Luego, empezaba a mirar de un lado a otro, como tratando de captar palabras que le llegaban por distintas vías. En ocasiones se le oía entablar un diálogo.

—¡Aquí estás otra vez!

Su espiración se agitaba hasta la angustia, o se detenía, haciéndose inaudible. Luego volvía a acuchillar el silencio con un grito:

—¡Déjame en paz! ¡No quiero escucharte!

Apenas tenía fuerzas para alzar sus manos y taparse los oídos. Como un infante, desencadenaba entonces su berrinche.

La enfermera aparecía en escena después de estos gritos, y se dirigía al anciano invidente con el mismo tono con que se regaña al niño insolente, sin preocuparse por encender la única bombilla que daba luz a la habitación. Parecía ser suficiente la luz de la luna que irrumpía por la ventana.

—¡Don Oliverio! ¿Otra vez con sus pesadillas?

A pesar de su tono, el anciano parecía agradecerle la intervención; se calmaba. Luego la mujer de blanco le seguía diciendo palabras apaciguadoras, capaces de paliar la pesadumbre del residente, quien se tornaba dócil.

—¡Es que lo volví a escuchar, enfermera! ¡Irrumpe en mi sueño y despierta mis miedos!

Ella lo cubrió con la manta hasta el pecho. El cobertor era grueso, de lana, apropiado para las noches frías del lugar.

—Descanse, don Oliverio. Son más de las nueve de la noche. A partir de mañana le cambiaré el medicamento; este no le hace ningún efecto ya, y usted necesita dormir más. Todas esas pesadillas son producto de su falta de sueño y del frío, que tampoco le ayuda.

—¡No son pesadillas! —le tomó el brazo con fuerza, pero su avanzado mal de Parkinson le impidió mantener la presión.

Ella, a medida que le retiraba la mano suavemente, le dijo:

—Tómelo con calma. Su amada Eleonor cuida de usted desde el cielo, y no dejará que nadie le haga daño a su cantor favorito. ¿Puedo retirarme?

El anciano movió la cabeza, afirmativamente.

— Prométame que va a dormirse.

—Sé lo que piensan de mí. Creen que soy un viejo senil, loco y perturbado. Pero estoy seguro de que algo malo, muy malo, ocurre en este lugar.

Ella le regaló una suave caricia a la piel marchita y arrugada del brazo del octogenario, mientras le sonreía.

—Tranquilo. Dios y la Virgen cuidan de usted.

Él volvió a tomarle el brazo, esta vez con más fuerza.

—¡No me deje solo! Algo horrible me va a ocurrir. ¡Quédese, se lo pide este anciano ciego!

—¿Por qué dice esas cosas?

La enfermera no pudo evitar reírse en esta oportunidad.

—Él se adueña de mi cuerpo —dijo el viejo, en un susurro.

La enfermera despegó la mano del residente, se acomodó la cofia y arregló un par de hebras de cabello sueltas, pero se mantuvo en silencio. Luego de unos instantes consultó:

—¿De quién está hablando, don Oliverio? ¿Por qué dice esas cosas?

El cuerpo del hombre adquirió otra vez su posición rígida sobre la cama y reanudó el canturreo habitual.

Ella, complacida al ver que la situación retornaba a la normalidad, se apartó de la cama, dando pasos hacia atrás, hasta llegar a la puerta del cuarto. Pero antes de cerrar tras de sí, lo miró por unos segundos con el gesto compasivo de siempre.

Oliverio volteó la cabeza hacia ella, como urgido por un impulso. La enfermera sintió que aquellos ojos blancos, sumidos en tinieblas perennes, cobraban vida.

—Sé que me observa, enfermera Laura. Percibo su miedo. Así como percibo que jamás enciende la lámpara al entrar a mi habitación…

Sorprendida, no intentó responder. Cerró la puerta y mantuvo su espalda pegada a ella desde afuera. Hasta que escuchó lo que parecía ser un llanto pueril proveniente del sótano. Podía sentirse dolor y sufrimiento en aquel gimoteo. Era extraño.

Bajó las escaleras hacia el oscuro sótano de donde provenía el estremecedor lamento; buscó el interruptor, palpando la pared. Logró encender la lámpara, pero parpadeaba. No podía ver bien.

El llanto cesó.

Al final del pasillo, la oscuridad parecía tragarse la débil luz de la lámpara. Le pareció escuchar el sonido de unos pasos, hasta que, de pronto, sintió un roce sobre su hombro. Como si alguien la hubiera tocado con dedos fríos. Miró hacia atrás con brusquedad, sin ver a nadie.

Casi enseguida, un fuerte empujón la hizo caer al suelo, percibiendo que alguien respiraba sobre su cuello, mientras una sutil caricia sobre su cabello la obligó a levantarse y correr, al mismo tiempo que una voz le gritaba:

—¡Lárgate de aquí!

Varias sillas de ruedas se chocaron entre sí, como si alguien las desplazara de un lado a otro, procurando cerrarle el paso. Las esquivó como pudo, tratando de llegar hasta la salida del sótano. Alcanzó la escalera mal iluminada y comenzó a subir los peldaños, pero, al llegar al último, una fuerza desconocida la golpeó en el pecho, haciéndola caer de espaldas sobre la baldosa de cuadros negros y blancos.

Su cabeza impactó tan fuerte contra el suelo que se pudo escuchar el crujir de su cráneo al partirse internamente en pedazos.

Allí quedó la enfermera, Laura Mackenzie, con su cabeza estrujada en mitad del charco de sangre sobre el piso helado del Asilo Santo.

En el piso superior, dentro de la lóbrega habitación de don Oliverio, una mano pálida se posaba sobre el hombro senil. El anciano ciego suspiró hondo, a la vez que cerraba sus párpados.

Una alevosa sonrisa le estiró los labios resecos.

Capítulo 2
Estaca de recuerdos

Ciudad de Panamá, 31 de julio de 1979,
Cementerio Jardín de Paz

Katherine Almanza Troya y su novio Víctor Manuel Bermúdez se abrazaban bajo el paraguas negro, guareciéndose de la lluvia que cubría el camposanto. Ambos observaban cómo descendía el ataúd, hasta llegar al límite de la fosa. Uno de los sepultureros volteó el rostro hacia ella, esperando la orden para echar tierra sobre el cuerpo de su padre. Katherine inclinó la cabeza y eso fue suficiente para que ambos enterradores procedieran a cumplir su labor. Porciones de lodo fueron deslizándose desde sus palas hasta el féretro, haciendo un ruido seco. Lodo rojo como la sangre que brotaba de su cabeza cuando su hija lo encontró sin vida sobre el escritorio.

Fue enterrado al lado de la tumba donde yacía su esposa, Dianora, quien había fallecido un año antes, por un cáncer de páncreas.

Nadie a su alrededor pudo entender por qué las lágrimas no se desbordaron de sus ojos, ante esta dura despedida. Quizás Víctor Manuel, en parte, lo sabía, pues ha sido su novio por tres años. Por tal motivo, ha de conocer el sentimiento que la lleva a mostrar tanta resistencia ante el dolor.

Al ser muy notable la singular conducta, Angelina Troya, hija menor de su tía Rebeca, le propinó unos leves codazos disimulados a su hermano, Javier Alejandro, en el costado derecho. Él descifró el mensaje y, de inmediato, dirigió la mirada hacia su prima Katherine, a quien le era imposible falsear su frialdad y desapego ante el momento solemne.

Mientras el padre Larrinaga enunciaba las últimas palabras de consuelo en el dilatado oficio religioso, Katherine trataba de desvanecer de su memoria aquel trágico momento. Sin embargo, los recuerdos se le adherían igual que el lodo se apelmazaba sobre los restos su padre. Aquel episodio, de seguro, fue el que puso punto final al sentido de su vida… para siempre.

Durante el sepelio, se reprochaba a sí misma no haber tenido tiempo para encargar tan siquiera un arreglo de claveles en la floristería de don Vasco, para colocarlas sobre el féretro de Ernest Almanza, su padre. Tanto a él, como a su madre, les encantaban los claveles. En su jardín imperaban los blancos. Decían que fortalecían la paz hogareña. Y no dejaban de tener razón. La morada de los Almanza Troya, fue un lugar de ensueño. Una impecable familia como las que salían en las cursis series de televisión norteamericanas de aquellos años. Su madre le preparaba el desayuno cada mañana, antes de que él saliera al laboratorio. El menú de los martes y jueves era *pancakes con huevo frito, dos tocinetas y queso amarillo.* "El Especial Almanza", le llamaba él al delicioso platillo.

—*Tú café es único…*

Esa era la trillada frase con que la lisonjeaba, después de dar el primer sorbo, para así robarle una bella sonrisa matinal. Los besos de despedida de ambos, al pie de la puerta, eran sonoros. Tanto así, que su hija única, Katherine, lograba escucharlos hasta su habitación, al final del corredor. Eran besos que duraban sobre los labios de su madre hasta que él llegara, casi entrando la madrugada. Ernest pasaba todo el día en el laboratorio farmacéutico.

En los últimos años, en el hogar de Katherine empezó a disiparse ese tono sosegado. Las pérdidas pecuniarias del negocio, que su padre había heredado de su abuelo, eran cuantiosas. Las deudas sobrepasaban los ingresos. Él debía redoblar las horas de trabajo para compensar las plazas laborales huérfanas debido a los obligados despidos de sus empleados. Era su segundo hogar, decía el químico farmacéutico repetidas veces para consolar su depresión al ver caer lo que en el pasado fue uno de los grandes imperios industriales del país, creado por su progenitor, don Jeremías Almanza Lacera.

Las interminables vigilias nocturnas de Dianora, esperando su llegada, se reflejaban en las bolsas que se marcaban debajo de sus ojos pardos, hasta meses antes de su muerte gradual. Era agotador para ella, pero lo justificaba todo el tiempo diciendo: "Vale la pena cada desvelo a la espera de mi príncipe", recordaba Katherine.

—*¿Por qué lo hiciste, papá?*

Martillaba esa pregunta en su cabeza durante todo el sepelio. En ese momento, no hubo espacio para mostrar dolor, ni mucho menos para escuchar el susurro de las voces de pésame que entre abrazos de familiares, y amigos de sus padres, se desvanecían en los oídos, diluidos por la lluvia.

Aquella estaca de recuerdos continuó perforándole la mente. Por más que trató de mostrar su tibieza, todos notaban su desdén. Para algunos, no fue suficiente la leve mueca cordial que expresaron sus labios para mostrar un fingido agradecimiento.

Otros pudieron suponer que aquella niña de los ojos de su padre, de ahora veintiún años de edad y estudiante de Enfermería, no era capaz de comprender, ahora, la ausencia de ambos.

Por momentos, Katherine se desprendía del funeral. Rememoraba aquella noche cuando llegó de la universidad. Su mente se sumergía en el trágico recuerdo cuando sorprendió a su padre, en su oficina personal, sosteniendo un arma en sus manos. Él parecía mirarla con ojos perdidos, como si estuviera ante un acto de contrición. Ella, estaba al pie de la puerta, lo miraba enmudecida e inmóvil, como tratando de sacarle palabras a través de sus ojos.

—*¡Papáááááááá!*

Katherine recordaba aquel grito que enfundó por completo el perímetro de la casa. Su cabeza reposaba sobre la mesa de caoba, bañada en sangre. Ella corrió hacia él con la esperanza de reanimarlo, pero llegó demasiado tarde… su pequeña Coco.

Coco, así la llamaba su padre desde que ella tenía quince años. En aquel tiempo, Katherine llevaba el cabello negro estilo "Bob", cuadrado y pegado a la nuca. Su pequeña princesa siempre le recordaba a una famosa diseñadora de moda francesa.

Una hora después, los agentes del DENI y los policías la tomaron del brazo para alejarla de la escena del crimen. Su traje blanco de estudiante de Enfermería lucía teñido con la sangre de su padre.

La evocación de lo ocurrido esa noche fue interrumpida de manera inesperada por el padre

Larrinaga, quien, durante el sepelio, colocó su mano derecha sobre el hombro de ella. Aquello la sacó de su trance emocional y de los recuerdos, obligándola a voltearse con ligereza.

—No está de más recordarte que puedes venir a visitarme a la iglesia cuando quieras, Katherine. Es bueno siempre contar con amigos para desahogar el dolor que nos inunda el alma.

—Gracias, padre. Sé lo que representaba para usted, al igual que mi madre. Tomaré en cuenta su ofrecimiento. Por ahora, solo quiero ir a casa y empezar a reorganizar mi vida… sin la presencia de los dos.

—Ernest y Dianora, siempre estarán presentes en la vida de cada uno de nosotros. Y sobre todo en la tuya. El cuerpo puede desaparecer, pero el alma siempre se mantendrá viva, aquí —y señaló su corazón con el dedo.

Ella se reservó las palabras unos segundos, a la vez que bajaba su cabeza. De inmediato, la levantó despacio y esbozó una ligera sonrisa para mitigar su pesar.

En ese momento, Víctor Manuel Bermúdez los interrumpió.

—Con permiso, padre Larrinaga. Katherine, mis padres tuvieron que retirarse. Te enviaron sus disculpas por no poder despedirse de ti. Ya voy encendiendo el auto.

—Sí, claro. En breve estoy contigo.

—Bendición, padre.

—Dios te bendiga hijo. Salúdame a tus padres.

Víctor Manuel se dirigió a su automóvil con celeridad, mientras Katherine continuaba su charla con el párroco.

—Aún no tengo muy claro lo que pudo haber pasado con mi padre.

—Te puedo entender, Katherine. Pero con el tiempo, el Señor te guiará para descubrir lo que en verdad existe…

—¿Más allá de la muerte? Solo le pido a Dios que tenga misericordia de él.

—¿Recuerdas lo que siempre les he hablado sobre el Sacramento de la Reconciliación?

La muchacha asintió con la cabeza, mientras la brisa que circulaba en el camposanto, después de la lluvia, retozaba entre su cabello.

—El Señor ya lo ha perdonado, hija.

—No estoy tan segura de eso.

—¿Dónde quedó tu fe, Katherine? Eres una mujer apegada a las cosas de Dios. Seguirás siendo parte de nuestra iglesia.

Con el rabillo del ojo, ella miró hacia el auto de su novio.

—Ya es hora de irme, padre. Víctor espera por mí. Le agradezco sus palabras de consuelo. Las tendré presentes.

—No quiero que te vayas con todas esas dudas que hay dentro de tu cabeza.

—¿De qué habla?

—Pude notarlo durante todo el sepelio. Te conozco desde que eras una niña. Puedo saber, a través de tus ojos, cuándo hay confusión en tu corazón.

—No se preocupe, padre, estaré bien. Disculpe, debo retirarme.

Era evidente el deseo de Katherine de eludir el tema, pero el párroco no hizo concesiones.

—Te doy un consejo, Katherine. Es mejor que sigas tu vida conservando en tu mente los recuerdos maravillosos que viviste junto a él. No trates de buscar más allá de lo que tus ojos pueden ver.

—¿Por qué me lo dice?

—Víctor Manuel me ha hablado que tienes pensado pedirle al DENI que tome el caso como un asesinato. Él está muy preocupado por tu insistencia. Ahora lo estoy yo.

—Conocí muy bien a mi padre. Sé que no era capaz de quitarse la vida. Me juró que nunca me dejaría sola. Y creí en sus palabras.

—Estás en todo tu derecho de creerlo. Lo único es que…

—¿Es qué, padre Larrinaga?

El sacerdote colocó su mano sobre el hombro de Katherine.

—Cuando se trata de un caso de suicidio, es mejor no escarbar secretos que hayan podido llevarse los muertos a su tumba. Hay que dejar las cosas como están, hija.

—¿También usted está seguro, al igual que todos, de que mi padre se quitó la vida?

—No lo digo por eso. Solo quiero que confíes que Ernest está en paz con Dios. Y no deseo que pierdas tu vida buscando razones de qué fue lo que ocurrió esa noche, y al final, ¿qué conseguirás? Nada. Ni el DENI, ni el mejor investigador del mundo te lo traerá a la vida.

—Lo sé. Ni tampoco Dios.

—Tienes razón, ni tampoco Él. Pero puede traerte consuelo.

—Le agradezco su preocupación por mí. Tomaré en cuenta su consejo.

—Solo quiero que te sientas bien. Dios te bendiga, hija. Ya debes retirarte. Estarás siempre en mis oraciones.

La camioneta amarilla, Nissan Patrol 4x4 del año, de Víctor Manuel Bermúdez, la esperaba con la puerta abierta.

—Por favor, llévame al DENI.

—¿Estás loca? Pensé que iríamos a tu casa. Acabas de enterrar a tu padre.

—Ya te he dicho que no descansaré hasta que ellos logren descubrir qué carajo fue lo que realmente pasó esa noche en la oficina de mi padre.

—Katherine, estás tomando muy a la ligera todo lo ocurrido. Y te puedo entender. Pero no ha pasado ni una semana. Eso toma meses, o años, para que ellos puedan tener resultados concretos. Ya hemos hablado de eso. Además, no tiene sentido encontrar las razones que llevaron a tu padre a cometer esa locura.

—¿Dónde está lo que siempre me has dicho? ¿Sobre encontrar la razón, el sentido y el fondo de las cosas? Ahora me dices que haga todo lo contrario. No te entiendo, Víctor.

—No es que trate de contradecirte. Lo que quiero es que encuentres paz. En la muerte, no siempre es bueno encontrar una razón. El que no la busques, no significa que tengas una deuda con él.

—Ya veo que no me entiendes. Ni tampoco el padre Larrinaga quien me contó que le has hablado de mi insistencia. Creo que tendré que hacer esto sola.

—No estarás sola. Te ayudaré como siempre lo he hecho. Además, en unos días tendrás que irte para hacer tu práctica profesional al Hospital de Santiago. Y serán tres meses. Quiero que te vayas con tu mente en paz. Deja que el DENI haga su trabajo.

Katherine guardó silencio un momento. No estaba muy convencida con la propuesta de su novio.

—Prométela. ¿Vas a dejar de presionar a la Policía?

—Está bien. Pero necesito de alguna manera saber cómo va la investigación. Sabes la fama que ellos tienen. Solo están preocupados en cuidarles las espaldas al Gobierno y a los militares.

—Ya. No empieces con lo mismo de siempre. Mejor te llevo a tu casa. Creo que un buen descanso te caerá bien.

Capítulo 3

Testigo muerto

Departamento Nacional de Investigación, DENI,
3 de septiembre de 1979
Dos meses después

Sentados y agotados después de aguardar por casi dos horas en la sala de espera del Departamento de Investigaciones, Katherine y Víctor Manuel fueron llamados para ser atendidos.

El Departamento Nacional de Investigaciones, conocido como DENI, tenía un solo propósito. Más que realizar investigaciones sobre hechos delictivos y criminales, desarrollaban operaciones de espionaje contra todo aquel que se consideraba una amenaza al "sistema revolucionario".

—¡Dejen sus identificaciones en esta mesa antes de entrar! —ordenó, con rudeza y voz tosca el agente armado de la Guardia Nacional, quien portaba una placa que lo identificaba como E. Ordóñez.

—No somos criminales para que nos trate de esa forma, ¡patán! —contestó ella, con coraje.

—¡Solo cumplo órdenes, señorita!

—Aquí están, señor policía —dijo Víctor Manuel, en un tono conciliador.

El guardia, de tez morena, y con un ajustado uniforme verde oliva, los miró con ojos endemoniados, mientras sostenía ambas cédulas de identidad en su mano.

—¡Pueden pasar, señores! ¡El capitán Rey Morán los recibirá en aquella oficina!

Ambos se dirigieron hacia un recinto esquinado donde eran esperados por el capitán, vestido con una guayabera blanca abierta hasta el tercer botón, tratando de sobrevivir al calor asfixiante de ese sitio.

—Disculpen que los hayan dejado esperando tanto tiempo, pero tenemos un caso de secuestro y estamos con esa prioridad.

El capitán Morán acababa de hablar por teléfono cuando se dispuso a atenderlos. Era un hombre corpulento, de unos cuarenta años de edad. Su piel, con un tatuaje en su brazo izquierdo, era trigueña; su frente tenía entradas pronunciadas; su barba y cejas eran abultadas. A su lado estaba el agente Oliver Carrasco, acomodando unos expedientes dentro de un archivero arcaico. Tendría unos treinta años de edad, y cursaba sus tres meses de prueba en el DENI. Para su jefe Morán, él era solo "el novato", a pesar de que su parecido físico con el cantante mejicano Pedro Infante era impresionante y hubiese merecido otro apodo. Su contextura era delgada, bigote bien recortado y cabello negro engomado.

Al sentarse, Katherine sin querer, dejó caer su cartera al suelo y de ella salió un manojo de llaves empalmadas a un llavero con una cara feliz amarilla.

Virgilio Maldonado, otro de los agentes que se encontraba en la oficina, las recogió y se las entregó con cierto galanteo. Prácticamente la desnudó con la mirada.

—Bonito llavero, señorita. Tiene su sonrisa —opinó el fornido agente.

—Gracias —contestó, algo inquieta ante el gesto morboso y volvió el rostro hacia Morán—. He esperado respuesta por parte de usted, pero pasan los días y no recibo ni siquiera una llamada.

—Puedo entender su desesperación, señorita. Pero como le he dicho anteriormente, esto toma su tiempo. Ya usted dio su declaración de los hechos. Se ha estado haciendo todo el proceso investigativo de rigor y los análisis de la escena del crimen. Hemos tomado huellas, tipos de sangre…

—¿No han podido verificar si hay huellas de algún maleante que pudo entrar a la casa a robar y lo asesinó?

—El forense no ha entregado el informe completo de los resultados. La obtención de pruebas ha sido complicada. Carecemos de tecnología para realizar un trabajo más minucioso. Pero como ve, hemos seguido todos los pasos que se requieren para un caso de tal envergadura.

—No creo que mi padre se haya suicidado.

—La comprendo. Pero hasta el momento, no hay indicios de otra persona que hubiera ingresado a su casa. Nadie forzó las puertas. Solo hallamos huellas y sangre de su padre dentro de la oficina. No quiero venderle falsas esperanzas, señorita.

—Por ahora, lamentablemente, todo sigue apuntando a un suicidio —intervino el agente Maldonado.

—¡Eso fue lo que puso en primera plana la prensa amarillista por culpa de sus anticipadas conclusiones! ¡Mi padre no era un desquiciado mental!

—Cálmate Katherine. El capitán Morán solo hace su trabajo. Tienes que darle tiempo para que realice todas las investigaciones —intervino Víctor Manuel, poniéndole la mano derecha sobre la rodilla.

—Su novio no deja de tener razón. No existen, hasta el momento, elementos que puedan probar algo diferente. Ojalá los tuviéramos. Pero con todo respeto, hay que ver la realidad que arrojan las evidencias. Su abogado está al tanto de todo. Señorita, si existiera al menos una prueba, tan solo una que pudiera descartar esa posibilidad, le aseguro que yo sería la primera persona en hacérselo saber. Pero todo indica que su padre pudo haberse llevado la única evidencia… a la tumba.

—Él era un hombre muy respetado en este país. Quiero limpiar su nombre a como dé lugar. Tiene que haber algo más. Un testigo, quizás, que pudo haber visto algo por la ventana. ¡No sé!

Víctor Manuel le tomó una de sus manos para calmar su angustia desmesurada.

En ese momento intervino el agente Oliver Carrasco.

—En este tipo de casos, la única forma de salir de dudas, por muy desalmado que pueda sonar y con todo el respeto que se merece, es que el muerto en cuestión testifique, señorita Almanza. Y como usted ve, eso no puede ser posible.

—¿Puedes callarte, novato? —lo interrumpió Morán, de manera altanera.

Oliver Carrasco evidenció, con un movimiento ocular, su desazón ante la actitud humillante de su superior frente a Katherine y su novio.

—Disculpen al novato. Desconoce totalmente los procedimientos. Es el agente más nuevo en el Departamento.

—Creo que es mejor que regresemos otro día —apresuró Víctor Manuel, mientras se levantaba de la silla y tomaba el brazo de su novia.

—Será lo más saludable para ustedes y nosotros —apuntó Morán.

—Vamos a estar pendientes de la llamada, agente. Disculpe los inconvenientes —expresó Víctor Manuel.

Morán, cortésmente también, se levantó de su asiento reclinable, mientras que el agente Maldonado, prefirió ir directo a la máquina de sodas.

—Lo único que puedo decirle, señorita Almanza, es que le prometo hacer todo lo que esté en mis manos para esclarecer este caso. Somos muy profesionales en nuestro trabajo. Vaya a casa y descanse. Confíe en el DENI.

Katherine se levantó de la silla. Antes de retirarse, lanzó una expresión al agente, con una pincelada de ironía.

—Si son tan profesionales haciendo su trabajo como dice, espero que también puedan encontrar… quién mató al padre Gallego. Con su permiso, nos retiramos.

Los tres agentes quedaron paralizados ante el reto que les propuso Katherine, a través de sus palabras mordaces, mientras salía de la oficina con un antifaz de fastidio y de impotencia en su rostro. Era claro su repudio al régimen de turno, y ellos lo notaron.

Dentro del automóvil, aún aparcado en la parte frontal del DENI, la pareja se mantuvo callada varios minutos, como dos desconocidos, uno al lado del otro. Víctor Manuel sujetaba con fuerza el timón. Sus nudillos estaban rojos por la presión que ejercían sus manos. Mientras que Katherine, observaba en él una actitud de hastío. Intuyó que ciertas palabras le revolvían el estómago y que necesitaba expulsarlas de sus entrañas.

—¿Te quieres desahogar, Vic?

Él se mantuvo en silencio. Subió el volumen de la radio con fiereza. Katherine no podía contener su zozobra por saber qué pasaba en ese momento por la mente de él. De forma abrupta ella apagó la radio.

—Ya sé lo que piensas. No puedes lidiar con una novia traumada y obsesionada por el supuesto suicidio de su padre, ¿no es cierto? No pudiste disimularlo allá adentro, ni tampoco durante el sepelio. ¡Veo que quieres echarle tierra a todo este asunto!

—¡No es cierto! Te amo y lo sabes. Solo quiero que estés tranquila. Pasado mañana te irás a tu práctica y serán tres meses que estarás metida en ese hospital lejano. Y me preocupa que sigas igual que ahora.

—No estaré tranquila hasta saber qué ocurrió con mi padre. Haré lo que tenga que hacer con tal de conocer la verdad. ¿Vas a ser parte de esto, o lo hago sola?

El hombre guardó silencio.

—Lo sabía —dijo ella con lágrimas en sus ojos—. No tienes que responder.

Dicho esto, bajó del automóvil, tirando la puerta.

—¿Qué haces? —le gritó su novio, quien también salió apresurado del auto para detenerla.

—Dímelo. Crees también que mi padre se quitó la vida como un vil cobarde, ¿no es cierto?

—Entra al auto. Este no es lugar para discutir. Mejor hablemos en tu casa. Estás con una de tus crisis. ¡Entra al auto!

—No me digas lo que tengo que hacer. ¡Mejor lárgate! ¡Ya veré cómo llego!

—No te hagas de rogar, Katherine. Hablemos esto en tu casa. ¡Móntate al carro!

—¿Para hablar lo de siempre? ¿Otra vez para decirme que siga mi vida y olvide lo que sucedió con mi padre? No lo haré, Víctor.

Katherine se mantuvo decidida frente al auto. La actitud de su novia incrementaba la ira que sentía, por lo que no detuvo la descarga de sentimientos y resquemor guardados en sus vísceras por mucho tiempo.

—¡Si no entras al auto en este instante, no me verás más en tu puta vida! ¿Entiendes lo que quiero decir con esto?

Aquella descarga de cólera ocurría en pleno estacionamiento del DENI, por lo que prefirió no dar largas a la discusión. Entró al auto y se retiró a toda prisa, dejando las huellas de las llantas traseras tatuadas sobre el pavimento.

Varios minutos después, Katherine aguardaba por un taxi que la llevara a su residencia en San Francisco.

—¿Espera a alguien, señorita Almanza?

Alguien le habló a sus espaldas. Ella volteó y se percató que se trataba del agente Carrasco, quien había salido del edificio a fumar un cigarrillo.

—Si desea, la puedo llevar.

—No, gracias, agente. Esperaré que pase un taxi para que me lleve a casa.

—La he observado, lleva minutos esperando que pase uno. Fue muy evidente la discusión que tuvo con su novio. Me disculpa pero, solo un idiota abandonaría a una mujer en esta área.

—Ya estoy acostumbrada a esos desplantes. No se preocupe.

—Ofrezco llevarla a su casa en mi auto. Tómelo como una disculpa por el incómodo momento que le hice pasar allí dentro, con ese estúpido comentario.

Katherine, con una leve torcedura de boca, no tuvo más que aceptar la propuesta del agente.

—Pero vivo en San Francisco.

—Si tendría que llevarla al Tapón del Darién, lo haría con gusto.

Con aquel comentario, logró sacarle una sonrisa.

Katherine, durante el trayecto, se mantuvo callada con su frente pegada al vidrio de la ventana trasera.

—A veces tengo el problema de pensar en voz alta. Es uno de mis más grandes defectos. Me refiero a lo que le dije en la oficina —dijo el agente, mientras conducía.

—Pierda cuidado, agente. En cierta forma, tiene sentido lo que dijo. El único testigo, ya está… muerto.

A través del retrovisor, él podía notar el dolor que maceraba el alma de la pasajera, quien trataba de contener el llanto.

—Llore, señorita, llore. No se obligue a esconder su pesar. Mi madre decía que "no existe disfraz que pueda ocultar el dolor del corazón". Con el tiempo, nos termina matando a nosotros mismos.

Katherine, simplemente sacó un pañuelo de su cartera y se secó las lágrimas.

—La verdad, siento mucho lo de su padre. Leí sobre sus aportes a la medicina. Fue un gran químico farmacéutico.

—El mejor. Mi padre fue un soñador. Sus amigos le apodaban "El Alquimista". Descubrir el medicamento milagroso que pudiera curar el cáncer, era su anhelo. Con el tiempo, desistió de sus sueños para enfrentar la crisis del laboratorio y la enfermedad de mi madre. Estuvo al lado de ella hasta el día de su muerte. Fue un romántico y abnegado esposo.

El agente dejó escapar un suspiro mientras observaba una arrugada foto antigua, que colgaba de un cordel en el retrovisor, protegida con un plástico.

—¿Es su madre?

—Sí, señorita. Mi difunta madre.

—Cuánto lo siento. ¿Fue hace mucho?

—El mes pasado cumplió dos años de su partida.

—Debió ser una gran madre.

—La mejor. ¡Vaya que si lo fue!

—No lo dudo. Veo que la tiene frente a usted todo el tiempo. ¿Y aún tiene a su padre?

—Realmente, ese personaje nunca existió en mi vida. Abandonó a mamá después de embarazarla de mi hermano menor. No soportó trabajar día y noche para mantener a cinco come arroz. Ella pudo seguir adelante cuidando de nosotros. Lo cierto es que jamás nos hizo falta su presencia.

—Su madre debió trabajar muy duro.

—Sí. Hasta el día en que le diagnosticaron su enfermedad. Mi madre nos enseñó el valor de la honestidad. Aún después de muerta, me sigue aconsejando. A veces siento que la escucho. Siempre había prometido que jamás nos dejaría solos. Y lo ha cumplido.

—¿Quiere decir que aún habla con ella?

—Sí. Siento la presencia de ella en todos lados.

—¿Como si fuera un espíritu?

—Algo así. Dios es nuestro creador, señorita. Y no solo eso, sino que nos ama tanto que desea que pasemos la eternidad con Él. Recuerde las palabras de Jesús: *"Porque de tal manera amó Dios al mundo, que dio a su único Hijo, para que todo aquel que cree en Él no se pierda, sino que tenga vida eterna"*.

—Juan 3:16.

—Veo que conoce bien las Sagradas Escrituras.

—Siempre fuimos una familia muy apegada a la Iglesia. Pero aún no ha contestado a mi pregunta, agente Carrasco.

—Claro, disculpe. ¿Que si hablo con el espíritu de mi madre? Cuando dije en la oficina que la única forma de salir de dudas es que "el muerto testificara", por muy absurdo que pudo sonar, no está lejos de una posibilidad.

—¿Lo dice por su madre? —preguntó con cierta reticencia.

Él sonrió, mientras encendía otro cigarrillo.

—Siento en sus palabras algo de escepticismo con respecto a lo que dije. Y no la culpo. Yo también lo sentí con personas que me hablaban de ese tipo de temas. Muchos de nosotros nos resistimos a creer, en cierta forma, para ocultar nuestros verdaderos miedos.

—Usted aparenta no conocer el miedo.

—Pueda que lo diga por mi trabajo. En este empleo, la muerte siempre será como una sombra detrás de mí.

—¿Cree que haya vida después de ella?

—¿De la muerte? He leído que muchas personas tienen misiones asignadas aún después que fallecen.

—¿Misiones dice usted? ¿Además de salir por las noches de luna llena para asustar a las personas?

La pregunta, despertó una sonrisa en el policía.

—Aunque pueda parecer absurdo para algunos, dicen que estas almas son capaces de enviarnos mensajes a través de otras personas. Gente con un don especial para… comunicarse con los muertos.

—¿Habla de, espiritistas? Hay muchos charlatanes en la calle que el único don que poseen es el de embaucar y robarles el dinero a pobres ignorantes.

—No voy a negar que los hay. Pero una vez conocí a una persona con ese don.

—¿Otro que hace creer que se comunica con almas del más allá solo si se le paga por adelantado?

—Este hombre es diferente.

Ella levantó una ceja y exhaló profundamente.

—¿De qué persona está hablando?

—De un mensajero. Como si almas hablaran a través de él. Se encuentra recluido en un albergue que rescata a ancianos de la calle, que no tienen lugar dónde vivir. Fue rescatado de un callejón en el barrio de San Felipe. Supe que fue abandonado por su propia familia porque lo creyeron loco. Decían que alucinaba todo el tiempo y se convirtió en una carga para ellos. Le calculo unos ochenta años más o menos. Hoy está a merced de la caridad y la compasión de las hermanas religiosas del asilo. Su actual directora es la Madre Fidelina. Ella es quien ha mantenido ese lugar funcionando por varios años. Subsisten por la caridad de las personas de la comunidad de Antón.

—¿Antón? ¿Habla del Asilo Santo de El Valle?

—Correcto. ¿Lo conoce?

—Claro. A mis padres les encantaba visitar El Valle. Muchas veces me enseñaban, desde el pueblo, aquel lugar aislado en la cima de las montañas. Y sobre ese anciano, ¿cómo está seguro de que posee tal don?

El agente Carrasco aspiró su cigarrillo antes de continuar su relato. Movió el retrovisor un poco para verla más directo a los ojos.

—En un principio me fue difícil creerlo. Hasta que lo conocí cuando visité ese asilo.

—¿Tenía a algún conocido allí?

El agente aspiró nuevamente su cigarro, y respondió con cierto retraimiento.

—Mi madre. Me imagino que se preguntará, ¿qué hijo internaría a su madre en un lugar así?

—No soy quién para juzgarlo.

—Mis hermanos y yo no podíamos hacernos cargo de ella. Padecía de Alzheimer. Era difícil lidiar con su enfermedad. En aquellos años yo no tenía un trabajo fijo. Apenas si nos alcanzaba el dinero para comprar sus medicamentos. Conocimos a unas Hermanas de la Caridad que ofrecieron cuidarla en el asilo de ancianos. Allí la visitábamos dos veces al mes. Cuando murió, me sentí culpable por haberla dejado en ese sitio, a pesar de que la atendían como una reina. Aquella noche del 30 de diciembre de 1977, recibí la llamada. Fui acompañado por los agentes de la fiscalía y la morgue judicial, para el levantamiento de su cuerpo y recoger sus pertenencias.

—¿Y vio al anciano?

—Sí. Me lo encontré en uno de los pasillos. Solo, sentado en una silla de ruedas mirando hacia el techo con sus ojos blancos. Recuerdo que no paraba de entonar esa hermosa canción, "Historia de un amor". En ese momento algo detuvo su canto. Fue de inmediato. Y unos segundos después, salieron de sus labios esas palabras que solo yo sabía que podían provenir de mi madre.

—¿Qué le dijo? —preguntó atraída por el relato.

Antes de responder, los ojos del agente empezaban a empantanarse de lágrimas.

—Dijo que no tenía nada que perdonarnos. Pueden parecer palabras ingenuas y simples inventadas por ese hombre. Pero sé que venían del espíritu de mi madre. Eran sus palabras. Y sé que ella se hallaba allí.

Esta vez, Carrasco no quiso hablarle a través del retrovisor, sino que prefirió voltearse hacia ella.

—¿Cree en los espíritus, señorita Almanza?

Katherine se mostró desconcertada ante la forma categórica en que le arrojó la pregunta. Algo que la obligó a eludir la consulta.

—Disculpe, es esta calle a la derecha. Es la casa color crema. La de las veraneras rosadas.

Al estacionarse, ella abrió la puerta del auto y salió con premura. Como si algo la hubiera incomodado. El agente lo notó de inmediato.

—Perdóneme si cometí otra imprudencia con mi pregunta.

Katherine continuó con su actitud esquiva. Pero antes de abrir la puerta de la casa, decidió volver al auto. Fue directo hacia la ventana del agente.

—Si quiere una respuesta a su pregunta… no creo en los espíritus ni fantasmas. El día que yo vea uno, entonces creeré.

—¿Cree en Dios, señorita?

—Por supuesto.

—Entonces, ¿cómo puede creer en algo que no ha visto aún?

Katherine quedó reflexiva unos segundos. No encontraba respuestas para aquella enrevesada pregunta.

Mientras ella trataba de pensar en su réplica, él sacó un pedazo de papel de la guantera, anotó un número telefónico y se lo entregó antes de que ella se retirara.

—Aquí tiene el número de teléfono de mi apartamento. Cualquier cosa, no dude en llamarme.

—Así lo haré, gracias.

—Que termine de pasar un buen día, señorita.

Al día siguiente, Katherine no dejaba de pensar en lo que el agente le compartió. Se hallaba enfrascada en la lectura de una de sus novelistas favoritas, Agatha Christie, tratando de desprenderse de la tragedia vivida. La residencia de los Almanza se mantenía en ayuno de calor de hogar. Había demasiados espacios deshabitados dentro de la casa, para colmarlos ella sola. Parecía ahogarse en el vacío asfixiante.

Buscó en su cartera el papel con el número telefónico entregado por Carrasco y se dirigió a la sala para hacer la llamada. Giró el disco del teléfono seis veces.

—¿Agente Oliver Carrasco? Es Katherine Almanza. Necesito que nos reunamos lo más pronto posible.

Hizo una pausa.

—¿Mañana? Perfecto. Sí, me parece un buen lugar. A esa hora estaré allí. Nos vemos entonces.

Al colgar, seguidamente realizó otra llamada.

—Buenos días, ¿me comunica con la Facultad de Enfermería por favor? Gracias.

Capítulo 4
La decisión

Café Coca Cola, Santa Ana,
5 de septiembre de 1979,
9:15 am

Allí estaban, ambos, sentados en una esquina dentro del popular café, en el barrio de Santa Ana. Sobre la mesa, dos tazas de café y un cenicero.

Al agente Carrasco le costaba disimular su encanto ante la belleza de la joven estudiante de Enfermería.

Un aroma mañanero a café, bistec encebollado y tortilla frita, se escapaba de la cocina.

—Gracias por atender mi llamada. Sé que su trabajo lo ocupa mucho.

—No se preocupe. Estaba seguro de que ese papel que le entregué aquel día, le serviría de algo.

Ella volvió a agradecer con una sonrisa, mientras tomaba un sorbo de café.

En ese momento, fueron abordados por una camarera quien sostenía en sus manos una pequeña libreta que había sacado de su delantal, a la vez que desenfundaba un bolígrafo que reposaba sobre su oreja.

—¿Ya van a pedir algo de comer? Acaban de salir unas hojaldres. Están calientitas.

—Otra taza de café negro es suficiente, gracias. Este ya se me está acabando. ¿Y usted señorita Almanza?

—Yo estoy bien, gracias.

—Con permiso. Ya regreso con su café, señor.

Al retirarse la camarera, Carrasco aprovechó para apresurar la razón del encuentro.

—Creo que es mejor que empecemos a hablar sobre lo que nos trajo aquí, señorita Almanza —dijo el agente, mientras tomaba el último sorbo de su café.

—Quiero ir de inmediato a ese asilo. Necesito encontrar esas respuestas.

Katherine dejaba por sentado que su decisión era definitiva.

—Si no las tengo por la ley, las tendré que buscar en ese asilo.

—¿Cree entonces que en verdad este hombre pueda liberarla de sus dudas sobre la muerte de su padre?

—Sí creo, agente. No tengo dudas. Hay algo dentro de mí que me empuja a ese lugar. No dormí pensando en eso.

Oliver Carrasco solo la miró. Parecía comprender la desesperanza de Katherine, al igual que su certidumbre y convicción.

Ella prosiguió con su descarga de razones que la obligaron a tomar aquella resolución.

—Dos meses han sido más que suficientes para mí, agente. Ya no quiero esperar más. Voy a utilizar todos los recursos que tenga a mi alcance.

—Si es su voluntad, la respeto y la apoyaré. No cabe duda su impresionante convicción por el don que posee este hombre.

—Si no me lleva a ese lugar, buscaré la forma de hacerlo sola.

—No tiene que ponerme un arma en la cabeza. La llevaré. Pero el acceso es algo complicado, señorita. Es un lugar poco transitado por lo lejos que se encuentra y lo deteriorado del camino. Pero primero, tenemos que pensar cómo va a entrar al asilo.

—Ya lo tengo todo arreglado, agente Carrasco. Hablé con mi Facultad para ver si podía hacer un cambio de lugar para mi práctica profesional.

— ¿Y le dieron respuesta?

—Sí. Tiene su ventaja ser una de las estudiantes de mayor índice académico. El asilo aceptó la solicitud de la Facultad. Mañana voy a buscar la carta.

Los ojos de Katherine brillaban más que nunca. Afloraban destellos de esperanza en ellos.

—Yo personalmente podría llevarla. Este fin de semana lo tengo libre. Bueno, si no es mucha molestia esperar hasta ese día.

—¿Molestia? Al contrario. Estaré muy agradecida. Así me da tiempo para hacer maletas.

—Si es así, pasaré por usted el sábado a las siete de la mañana, ¿le parece?

—Perfecto. Tendría que darle la dirección de mi tía Rebeca. Lo más probable es que me quede allí por estos días. No quiero dormir sola en mi casa. Además, me cortaron la luz esta mañana.

—No olvide llevar ropa abrigada. Hace mucho frío en las montañas de El Valle.

—Lo haré. No sé cómo pagarle lo que hace por mí. Y más aún, fuera de su función como agente. Podría traerle problemas.

—No se preocupe. De eso me encargo yo. En verdad quiero ayudarla. Algo me dice que valdrá la pena. Además, buscaré la forma de agilizar el caso de su padre en el Departamento.

—¿Intuición? —ella consultó, mientras tomaba un sorbo de café, ocultando su congoja detrás de una sonrisa artificial.

—Tal vez… —le respondió el agente, Oliver Carrasco, quien no despegaba su mirada de los ojos de la valerosa enfermera.

Capítulo 5
La llegada

El Valle de Antón, provincia de Coclé,
Panamá, 8 de septiembre de 1979

La camioneta pick-up del 77 color gris, atravesaba la ceñida carretera bordeada de árboles en ambos lados. Formaban un embudo hecho de ramas, como abrazadas cada una de ellas de un extremo a otro.

Katherine parecía haber perdido la noción del tiempo, después de cruzar el Puente de Las Américas, cuatro horas atrás. El agente Carrasco, quien conducía sin apuro, se percató del viaje mental en que se encontraba su pasajera, sentada a su lado, vestida con su traje de enfermera color nevado.

El auto cayó en un bache sobre la carretera de piedras y la puerta de la guantera se abrió por la brusca sacudida. Dentro de ella, se asomó un revólver. Katherine se sorprendió al ver el arma.

Carrasco cerró la guantera de inmediato.

—Disculpe. Como agente policial, debo estar siempre preparado.

—Odio las armas.

—Puedo imaginar las razones.

Carrasco hizo una pausa. Pudo notar en el rostro de Katherine que, al ver la pistola, le recordaba la muerte de su padre.

—¿Está cien por ciento segura de la decisión que ha tomado, señorita Almanza? Ha estado muy pensativa todo el trayecto.

Ella mantuvo su mirada a lo lejos, mientras las sombras de las ramas y arbustos se marcaban con ligereza sobre la frente y sus mejillas. Mientras se cubría el cuello con la solapa de su abrigo, en vista de que el frío se acrecentaba con la altura, Katherine parecía consultarle al viento, que le enmarañaba su cabello negro, si estaba haciendo lo correcto.

—Sí. Una de las cosas que mi padre siempre criticó fue mi testarudez. Cuando algo se me mete entre ceja y ceja, es difícil que cambie de opinión —dijo ella.

Carrasco solo le sonrió y prefirió concentrar su atención en el volante, esquivando cada uno de los baches del pedregoso camino, mientras que Katherine simplemente apoyó su rostro al borde de la ventana contemplando cómo el sol se resguardaba, por momentos, detrás de las nubes grises.

En ese momento, a la orilla de la carretera, un letrero se asomó a través de los arbustos. Katherine logró ver claramente la figura de un sujeto, de avanzada edad, situado a un lado del letrero vial raído y casi borroso.

Aquel misterioso hombre llevaba puesto, sobre su cuerpo desgarbado, una camisa color crema y un pantalón negro. Sus pies estaban descalzos. La piel era tan blanca como el uniforme de enfermera que ella llevaba. Sobre su rostro pálido se observaba claramente cómo se repartía la ramificación azul de sus venas. De cada una de sus fosas nasales, se escapaba un chorrillo de sangre que desembocaba en su camisa. Los ojos lánguidos parecían perderse a través de las oscuras y amoratadas ojeras. A una de sus orejas parecía que le faltara un pedazo. La mirada de aquel extraño se alojó en los ojos de Katherine.

Mientras el auto avanzaba, ella preguntó:

—¿Vio aquel señor en la orilla de la carretera?

—¿De qué señor habla?

—El que estaba parado al lado del letrero.

—Disculpe, mis ojos se ocupaban del volante.

—Se vio muy claro. Vestía camisa crema y no tenía zapatos. ¿Sería un interno del asilo?

—No lo creo. Con las condiciones que tiene esta área, apenas darían unos cuantos pasos. Pudo haber sido un peón de alguna finca cercana.

—Estoy segura de lo que vi. Y no creo que haya sido lo que me dice.

Carrasco frenó el auto repentinamente.

—¿Por qué nos detuvimos? —preguntó perpleja Katherine, al ver la reacción súbita de Carrasco.

—Ya llegamos, señorita Almanza. Este es el hogar del hombre que busca. El refugio del *mensajero de las almas*. Bienvenida al conocido "Asilo Santo" —le anunció, con cierto grado de mordacidad. Como si fuera un guía de un museo de historia mostrando una escultura antigua.

Frente a ellos se alzaba el asilo, que parecía una fortaleza desvinculada del mundo. Un palacio antiguo de mediados de siglo, infiltrado en la ingeniería remozada de los setentas. Una colosal edificación indefensa en medio de la nada. Las vetustas paredes resquebrajadas, cubiertas de roca y ladrillos estampados con un color verde mohoso, parecían suplicar por una mano clemente que sanara sus heridas sobre su piel de arcilla.

Su construcción fue inspirada en la arquitectura suiza. Con ventanales largos y verticales que se abren de par en par para recibir el rocío vivificante de la mañana, y evitar la entrada del rocío husmeador por la noche. Una chimenea sobresalía del techo superior, que, en muchos amaneceres parecía trinchar la neblina cegadora.

Katherine bajó de inmediato del auto. Para ella fue difícil disfrazar el pasmo que sintió su cuerpo al estar ante la moribunda fachada.

Su expectativa versus la realidad colapsó de inmediato.

—¿Cómo pueden vivir en este sitio? Da escalofríos. Desde la carretera se ve diferente.

—Es toda una reliquia arquitectónica.

Le respondió el agente Carrasco mientras bajaba de la vagoneta la valija de la enfermera.

Ella aún se mantenía conmocionada, examinando, con sus ojos color café, cada rincón de la fachada.

—La veo algo tensa, señorita Almanza. Todavía está a tiempo de retractarse.

Ella se mantuvo callada ante las miradas curiosas de algunos ancianos, que se asomaban por las ventanas de la estructura de dos pisos. Notó que uno de ellos la observaba, con unos binoculares, detrás de uno de los cristales.

En el portón principal, les aguardaba la madre Fidelina, para darles la bienvenida, vestida con su hábito negro y blanco que rozaba el suelo. Una cruz de madera, enchapada en bronce antiguo, colgaba de su cuello. Un sacerdote de cabello blanco estaba a su lado.

—Muy puntual, enfermera Katherine —dijo la superiora, recibiendo a la practicante. Luego, volteó a ver al agente—. ¿Señor Carrasco? ¿Es usted? No lo reconocí con esos bigotes. ¡Qué gusto tenerlo nuevamente por acá!

—Gracias, madre Fidelina. Siempre les estaré muy agradecido por lo que hicieron por mi madre.

—Doña Herminia fue una de nuestras residentes más queridas. La recordamos todo el tiempo.

—Así es, madre. Dios la tenga en la Gloria.

—Disculpen, no les había presentado al padre Pereira. Nos visita cada semana para celebrar la misa con los ancianos y darles la comunión. Él también es parte de esta familia.

—Encantado de tenerla, estos tres meses, en el albergue. Dios siempre envía a sus ángeles de la guarda —dijo el cura, vestido con su sotana color negro.

—Gracias, padre.

—Enfermera, le agradecemos infinitamente que quiera colaborar con nosotras. Todas han venido con mucho entusiasmo pero, en tan solo unas semanas, deciden abandonarnos. En estos tiempos, no hay muchas personas con almas caritativas que quieran lidiar con estos ancianos y, más aún, en las condiciones en que se encuentra este apartado lugar.

—Mi vocación de servir, madre Fidelina, es lo que me ha traído hasta aquí —respondió convincente la estudiante.

—Me encanta que lo diga. Es lo que le falta a los jóvenes profesionales hoy en día; *"la voluntad de servir"*. Pero pasen. No se queden acá afuera.

—Me gustaría acompañarlas, pero tengo que regresar a la ciudad.

La superiora le hizo el gesto de la señal de la cruz con sus manos.

—Dios me lo bendiga, señor Carrasco, y que la Virgen María siempre me lo proteja. Acá tiene quién rece por usted.

—Le agradezco que me tenga presente en sus oraciones. Bueno, señorita Almanza, está en buenas manos. Todo parece que este lugar esperaba por usted.

Luego el agente se le acercó y le habló al oído.

—*Recuerde, no dude en llamarme las veces que necesite hacerlo* —culminó.

—Disculpen la imprudencia —interrumpió la superiora—. Quería pedirle un favor, señor Carrasco.

—Con mucho gusto, dígame usted.

—El padre Pereira debe regresar al pueblo. Pero lamentablemente el auto que lo venía a buscar se averió a última hora. Bueno... como siempre. Pensé que ya que usted regresa a la ciudad...

—¿Si lo podría llevar? Será un honor.

—Gracias, hijo. Dios te lo pague —le respondió agradecido.

Mientras ambos caminaban hacia al auto, Katherine los detuvo con un grito.

—¡Agente Carrasco! ¿Me disculpa un segundo, madre Fidelina? —consultó Katherine.

—Sí, claro. Vaya.

Katherine se aproximó al agente. Su rostro denotaba incertidumbre por lo que le podría esperar dentro del hospicio. En sus ojos se reflejaba cierta retractación.

—Te espero en el auto, hijo —le avisó el sacerdote, mientras continuó caminando hasta el pick-up.

—Claro, padre Pereira —respondió Carrasco, y luego volteó la mirada hacia la practicante—. ¿Se está arrepintiendo de haber venido a este asilo, señorita?

—¿Está seguro que no vio a ese hombre a orillas de la carretera?

Él la tomó de las manos.

—Está muy nerviosa. Creo que no fue buena idea venir a este lugar. Me siento responsable.

—No tiene que sentirse culpable. Yo insistí en que lo hiciera.

—Lo único que deseo es que encuentre paz en su vida. Es muy joven para desperdiciarla.

—Gracias. Estoy segura de que podré encontrar las respuestas que busco.

—Prometí ayudarte, y lo cumpliré. Cuando salgas de aquí, te estaré esperando en este mismo lugar.

Katherine libró sus manos suavemente de las del agente. Aunque parecía no haberle incomodado aquella muestra de cariño a través de sus manos, ni el tuteo espontáneo.

Luego, ella abrió su bolso y sacó un manojo de llaves de su interior.

—Tome. Estas son las llaves de todas las puertas de mi casa. Si necesita entrar en ella para encontrar algo que pueda aportar al caso de mi padre, puede hacerlo con toda confianza. Esta llave dorada es la de la oficina privada de mi padre dentro de la casa.

Él recibió las llaves empuñándolas en su mano derecha.

—Suerte Katherine. La madre Fidelina tiene un teléfono en su despacho. Ella te dejará usarlo las veces que lo necesites. No tienes nada que temer. Aquí hay solo ancianos indefensos en espera de tus atenciones. Serás una excelente enfermera.

—Gracias por lo que hace por mí. Puede que sea una locura lo que estoy haciendo, pero tiene que entender mis razones.

Él no le respondió. Simplemente encendió el auto y la despidió con una sonrisa alentadora.

No despegó la mirada ni un segundo del retrovisor hasta verla desaparecer a lo lejos.

El cura observó la preocupación del agente.

—Va a estar bien —lo consolaba el padre Pereira—. Yo vengo cada semana así que, estaré pendiente de ella. ¿Es su novia?

—No. Es solo… una nueva amiga.

El cura, simplemente, le sonrió.

Mientras tanto, Katherine siguió parada viendo el auto del agente retirarse en medio de la polvareda que levantaba sobre el camino.

—Vamos, enfermera Katherine—gritó a lo lejos la madre Fidelina—. No se quede allí. Entremos. No demora en caer la lluvia.

Katherine caminó hacia la superiora, tomó su valija y ambas ingresaron al asilo.

Un irritante olor a orina rancia aromatizaba el interior del albergue durante su recorrido. Algunas moscas revoloteaban sobre su cabeza las cuales parecían ser parte del comité de bienvenida. Ella observaba cómo los ancianos, algunos cobijados hasta sus pies con mantas sobre sus hombros y otros con abrigos de lana, caminaban a paso lento como si tuvieran compasión por las baldosas que pisoteaban con sus baratas pantuflas de plástico. No podía evitar ver los rostros fatigados de las religiosas, quienes empujaban lentamente las sillas de ruedas de madera raídas por el uso, circulando de un lado a otro por los estrechos pasillos.

La descolorida pintura en el interior del albergue parecía descamarse de las paredes.

Las dos se detuvieron unos segundos frente a una mesurada sala abierta donde una radiograbadora reproducía canciones de la cantante cubana *Olga Guillot* y que, de algún modo, parecía aliviar el desamparo del reducido y longevo auditorio. Algunos escuchaban muy atentos las románticas melodías de antaño, sentados sobre sillones viejos y deteriorados. Mientras que otros, abatidos por el hastío, dormían posando sus cabezas sobre la palma de sus manos, soñando quizás, algún día, ser llamados al reino celestial.

—¿No era lo que imaginaba, señorita Almanza? No me sorprende.

Katherine, quien aún se encontraba enajenada ante el misérrimo estado del asilo, parecía no haber escuchado el comentario de la Superiora. Por más que intentaba solapar su inquietud, su semblante la delataba.

—Perdón, estaba distraída. ¿Me decía?

—No se preocupe. No quiero incomodarla con nuestras desgracias. Pero, es que todas las enfermeras que la han antecedido, muestran el mismo rostro repulsivo a su llegada.

—No se preocupe. Estoy segura de que mi llegada al Asilo Santo será una buena experiencia para mi carrera y para ustedes.

—La directora de su facultad nos dio muy buenas referencias sobre usted. Nos dijo que es una de las mejores estudiantes de enfermería. Veo mucha voluntad en usted, a pesar de ser muy joven. En su mayoría, las enfermeras que han estado con nosotras han sido mujeres jubiladas. Su deseo de colaborar con estos pobres desamparados es realmente encomiable. Eso me da esperanzas de que muchas cosas puedan cambiar en este lugar con su llegada. Sangre joven.

—Igual yo, madre superiora. Estoy muy segura de que estos tres meses en el asilo cambiará también… muchas cosas en mi vida. Más bien lo veo como un reto. Por eso acepté venir aquí.

Aquel coloquio plácido de bienvenida se rompió al instante, con una melodía cantada que se escurría a través del pasillo hasta llegar a los oídos, en estado de alerta, de la recién llegada.

La canción *"Historia de un amor"*, que entonaba aquel anciano bajo un falsete agrietado, inmovilizó a Katherine. En esos segundos cesantes, dentro de su mente, parecía despejar cualquier duda que pudo haber tenido sobre el testimonio que le había revelado el agente Carrasco.

—Ahora, nuestra hermana Fátima la llevará de inmediato a su habitación en el piso superior. No es muy grande, pero es fresca y acogedora. Claro, con las limitaciones que tenemos en el asilo por supuesto.

—¿Quién es el anciano que canta?

—Es don Oliverio Villamonte. No ha dejado de cantar esa canción desde que llegó al asilo. Lo recogimos de la calle hace siete años. Tal parece que aquella canción era lo único que lo mantenía con vida entre la inmundicia de los callejones.

—¿En algún momento detiene su canto?

—Noto que ya empieza a inquietarse. A todas las enfermeras, en su primer día, les asusta el canto de don Oliverio. Es una persona muy especial, por ende, no desea que ninguna enfermera lo vea. Solo nosotras. Es al único que le aceptamos esas exigencias. Es un cascarrabias. Nunca intente entrar en su habitación sin su consentimiento.

—No estoy asustada. Al contrario… me encanta escucharlo.

—Me alegra mucho saberlo. Bueno, enfermera Katherine, bienvenida al Asilo Santo. Con su permiso, me retiro. La hermana Fátima la llevará a su habitación. Nos vemos en mi despacho, dentro de media hora, para ponerla al tanto de su labor.

Con aquellas palabras, la madre Fidelina parecía poner punto final al protocolo de bienvenida. Pero una pintura inmensa colocada en la pared principal, de un hombre mayor, de cabello nevado y como de unos setenta años, llamó la atención de Katherine. No despegaba la vista de la obra pintada en óleo.

—Era don Carlo Do Santo —dijo la superiora, al ver a la visitante atraída por el cuadro—. Era un hombre maravilloso. Antes de morir, nos dejó este caserón en su testamento. Él tuvo la idea de que se convirtiera en un asilo para ancianos desamparados. Este lugar lleva su nombre. Fue su refugio soñado. Quería sentirse, en medio de las montañas del Valle de Antón, como si estuviera en los parajes silenciosos de los Alpes suizos. Por eso la construyó así. Era de Sao Paulo, Brasil. Allá se enamoró de una estudiante panameña. Vino a este país por un tiempo, y se dejó hechizar por los encantos de esta tierra donde, finalmente, decidió quedarse para siempre. Su esposa, doña Gloriana, murió de cáncer, en plena Navidad del 69. Decidió que fuera sepultada en la parte trasera del caserón. Deseaba mantener su presencia en esta casa.

Katherine tragó grueso.

—No se asuste. Lo decía en sentido figurado. Lo hizo para que su recuerdo perdurara siempre en este caserón. Él no volvió a casarse.

—¿Tuvieron hijos?

—No. El señor Do Santo era estéril. Se odió por eso. Sus frustraciones se manifestaban a diario. Nunca se perdonó no haber podido regalarle la oportunidad a doña Gloriana de ser madre. Era lo que ella más anhelaba… muchos hijos.

—Y él, ¿cómo murió? —preguntó Katherine, curioseando detenidamente el cuadro.

—Su cuerpo sin vida fue encontrado sobre aquella mecedora al pie de la sala de descanso. Allí escribía a mano sus memorias, acompañado de su botella de "cachaza", que mandaba traer de Brasil. Murió de un ataque al corazón, según me contaron las dos únicas personas que vivían con él: la mujer que lo cuidaba y un ayudante que se encargaba del aseo y la mensajería. Ocurrió un 30 de mayo de 1971. Vivió sus últimos días en la soledad, solamente se relacionaba con la naturaleza. Siempre deseó que el día que él muriera, fuera sepultado al lado de su esposa Gloriana. Y así se cumplió.

—Y esas dos personas que trabajaban con él, ¿dónde están ahora?

—Colaboraron un tiempo con nosotros, pero luego decidieron irse.

Katherine también vio algunas fotografías enmarcadas y otras que colgaban de la pared. En una de ellas, en blanco y negro, posaban don Carlo, su esposa y dos personas más. Un hombre de mediana edad y una mujer vestida con un traje de enfermera. Aproximó sus ojos al retrato.

—¿Ellos son las dos personas de las que me hablaba? Creo haber visto a este hombre. Sí, era él. Estaba parado a orillas de la carretera cuando venía hacia acá —aseguró Katherine, extrañada.

—Sí, son ellos. ¿Está segura de que es el hombre que vio?

—Lo podría jurar.

—Hilario Carvajal Jaén se llama. Trabajó toda su vida junto a los Do Santo. Era su más fiel empleado, al igual que Laura Mackenzie, la enfermera. Supe que murió hace unos años. Y a él, pareciera que la tierra se lo hubiera tragado. Por eso me sorprende que asegure haberlo visto. Hay mucha gente por estas montañas que parecen ser hijos de una misma madre —sonrió—. Pudo haberse confundido.

—Tal vez —respondió no muy convencida—. Veo a muchas personalidades de la política en estas fotografías, junto a los Do Santo.

—Todo el mundo los quería y, sobre todo, a don Carlo Do Santo. Siempre fue un hombre muy humanitario y preocupado por los más necesitados. Fue incluso muy amigo del Presidente Arnulfo Arias como ve en esa foto. Él consiguió que le pusiera luz y teléfono a esta área tan apartada. No escatimaba en gastos, con tal de tener todas las comodidades. Este lugar se convirtió en uno de sus grandes sueños. Lo acondicionamos para que funcionara como un albergue. No queríamos tanta ostentosidad. Su familia reclamó legalmente el dinero que nos dejó como donación. Pero para nosotras, la casona era suficiente.

—¿Qué negocio tenía don Carlo?

—Era dueño de la mitad del mundo, por así decir algo.

En ese momento llegó una de las religiosas.

—¿Me mandó a llamar, madre superiora?

—Sí, hermana Fátima. Ella es Katherine Almanza, la nueva enfermera. Muéstrele su habitación y póngala al tanto de los lineamientos que debe seguir en el asilo. Mientras, estaré en la dirección. Queda en buenas manos.

—Gracias, madre Fidelina.

—Sígame, enfermera —ordenó la religiosa, con un tono imperioso.

La hermana Fátima se mostró algo displicente con la enfermera. De mirada esquiva, expresaba cierto recelo ante la presencia de Katherine. Era una mujer delgada, que cojeaba de la pierna izquierda. Su estatura era como la de una adolescente, a pesar de los treinta y cuatro años que tenía. Sus marcados rasgos indígenas eran característicos de los habitantes de la región.

El interior de la casona, de dos niveles y pasillos angostos, estaba distribuida en varias secciones que fueron acondicionadas para albergar a treinta ancianos y ocho religiosas. En la parte inferior se encontraban cuatro habitaciones con varias camas en cada una de ellas. Solo don Oliverio Villamonte tenía un dormitorio para él. Ninguno de los residentes soportaba escuchar, todo el tiempo, aquel ensordecedor canto sobre sus oídos. Y en la parte superior, cada cuarto era compartido por dos monjas. Para la practicante se disponía de un cuarto individual, aunque tendría que compartir el baño con las monjas.

El continuo canto que desperdigaba la voz del anciano, en el interior de la estructura, la intrigaba, hasta lograr intimidarla.

—Aquí está su cuarto, enfermera Katherine. La madre superiora esperará por usted, en su oficina, al mediodía —dijo la religiosa, retirándose de inmediato.

En ese instante que Katherine entró a la habitación al final del corredor, pudo percibir que su destino iba a tomar un nuevo giro. Colocó su valija en el suelo, y se sentó a un lado de la cama, que se veía cómoda y limpia, tal como se lo manifestara la madre superiora.

Luego, curioseó dentro del cajón de la mesita al lado de la cama, encontró una pequeña Biblia y un rosario. Sonrió al ver ambos instrumentos de protección espiritual.

—Espero no tener que usarlos mientras esté aquí —se dijo, sonriendo, antes de volver a cerrar el cajón.

La estancia tenía un pequeño ventanal con una mísera vista al exterior. Solo el paraje de árboles apiñados se mostraba ante sus ojos a través del cristal borroso. Desde allí, el pueblo más cercano podía verse a lo lejos, como un punto perdido en el horizonte, al igual que el largo camino que conectaba al asilo. Parecía como si una serpiente de tierra y gravilla se arrastrara hasta la entrada principal. Muy pocos querían atravesarla por su mal estado; y menos, cuando llovía.

Katherine se apartó de la ventana y se dirigió a la puerta del cuarto. La abrió a medias y observó hacia afuera por unos minutos.

El lugar le hizo pensar en una filial del infierno, aunque trataba de espantar tales prejuicios absurdos, producidos por la sugestión que empezaba a cosquillear su entereza. Recordaba todas las historias espeluznantes que su padre le contó sobre El Valle de Antón, cuando ella era muy pequeña.

—*No dejes que este lugar, ni aquella voz te intimiden, Katherine. Es solo un asilo y una simple melodía desentonada.*

Hablaba consigo misma, mientras cerraba sus ojos. Parecía utilizar una técnica empírica, o quizás creada por ella misma para aplacar sus temores y lograr equilibrio emocional.

—*Tú sabes lo que te trajo hasta aquí. Nada te va a doblegar. Ni mucho menos... el miedo. Eres una mujer tenaz y valiente, y no te detendrás hasta obtener lo que buscas.*

Su mente la coaccionaba. Por más que intentó bloquearla, la obligaba a recordar cada palabra del agente Carrasco.

—*Cuando el anciano deja de cantar esa bella canción, es el momento en que las almas... se conectan con él.*

Aquella advertencia hizo eco en su cabeza, una y otra vez. Situación que le exigió cerrar gradualmente la puerta del cuarto.

Pasada las doce del mediodía, se apresuró a presentarse en el despacho de la superiora, ataviada con su uniforme blanco de estudiante de enfermería. Se había quedado dormida.

El estricto temperamento de la hermana Fátima se reflejaba sobre su rostro todo el tiempo. Y más, por la tardanza de la enfermera. Allí se encontraba de pie, a la diestra de la madre Fidelina, al igual que las otras misioneras.

Katherine se sintió, en ese momento, como si estuviera ante un grupo de inquisidoras indomables, esperando su sentencia. Salvo una, la hermana Miriam. Una esmaltada sonrisa escapaba en medio de sus rosados labios. Parecía ser la más joven de todas. Katherine le devolvió su amable gesto con una mirada de gratitud.

La imagen del Cristo crucificado, tallado en caoba, ocupaba la mitad de la pared del fondo detrás de la silla de la superiora.

Todo aquello, sumado a las miradas curiosas de las monjas que apuntaban hacia ella, le creaba cierto agobio y nerviosismo.

—Hermanas, les presento a Katherine Almanza, nuestra nueva enfermera. Lamentablemente solo estará con nosotros por tres meses realizando su práctica profesional. Eso nos dará tiempo para encontrar una enfermera permanente.

—Disculpe la tardanza, madre Fidelina, es que tuve que…

—No hace falta que dé explicación sobre su retraso. Es comprensible que hay reglas que aún desconoce del albergue. La hermana Fátima le va a indicar el horario de sus rondas diarias a los residentes.

—Estoy ansiosa por conocer mi área de trabajo para ponerme al tanto de los medicamentos y utensilios con los que cuento en la sala de enfermería.

—La veo muy entusiasmada. Eso me gusta. Luego del almuerzo lo conocerá. Aquí, a su derecha, la hermana Rosa María, quien está encargada de la limpieza, estuvo anoche dejándole su área de consultas lo más presentable posible. La última enfermera que colaboró con nosotras, no era muy ordenada que digamos.

—¿Renunció?

Las hermanas se mostraron conturbadas ante la espontánea pregunta de Katherine. Algunas, incluso, se persignaban disimuladamente, como evitando ser vistas por la superiora.

—Disculpe la interrupción, pero creo que el almuerzo nos espera en la mesa, madre superiora —dijo Fátima, tratando más bien de eludir la conversación.

—Gracias hermana. Nuestra cocinera experta, la hermana Miriam, nos prometió una comida especial para recibir a nuestra nueva colaboradora. Para todas nosotras, su llegada es un vaticinio de cosas muy buenas que se esperan en el Asilo Santo. Dios quiera que no nos defraude y cometa los mismos errores que las anteriores.

—¿Qué errores fueron esos?

—Es mejor que pasemos al comedor. El almuerzo se enfría, hermanas —volvió a apresurar la hermana Fátima.

Katherine se quedó con las ganas de recibir una respuesta a su interpelación.

Mientras se dirigían hacia el comedor, volvió a escuchar, a lo lejos, las notas disonantes del viejo ciego. En ese instante se dejó vencer, nuevamente, por su subconsciente. No pudo simular su evidente sobresalto.

Capítulo 6
El retrato

Ciudad de Panamá,
8 de septiembre de 1979,
2:30 pm

A su regreso a la ciudad, el agente Carrasco tomó una decisión fortuita. Se dirigió directamente a su oficina en el DENI, a pesar de ser su día libre.

Al entrar, a su compañero, el agente Maldonado, y a su jefe, les pareció extraña su aparición repentina.

Virgilio Maldonado pasaba todo el tiempo malhumorado. Le decían "la Mole" por su aspecto físico, muy parecido al superhéroe de las tiras cómicas, y por su tez morena. Tenía cinco años de servicio en el Departamento de Investigación. Mientras que el jefe, el capitán Rey Morán, le había dedicado veinte años de su vida. Hoy, es jefe del Departamento y uno de los jerarcas de la institución más respetados y con más experiencia.

—¡Oliver Carrasco! ¡Quién lo diría! —lo recibió Maldonado, arrojando una burlesca carcajada—. Algo muy importante ha tenido que arrastrarte hasta acá en tu día libre. Creo que la soltería te está afectando la cabeza.

—No te preocupes compañero. Yo estoy bien así. Las mujeres solo representan gastos y mi sueldo no da para esos lujos.

—Quién entiende a estos "pelaos" de ahora. Dime la verdad, ¿qué te hizo venir hoy a la oficina? —insistió el robusto agente.

—Vengo por el caso del suicidio del señor Ernest Almanza.

—¡Claro! ¡Cómo podría olvidarlo! Todavía recuerdo el perfume de su hija la última vez que vino a averiguar sobre el avance del caso. Fue hace unos días. Es más, vi que no perdiste tiempo en llevarla, imagino que a su casa, y en tu auto —continuaba incisivo, Maldonado.

—Deja la cizaña. Solo quería hacer un servicio social por parte del Departamento.

—No te preocupes, novato —se inmiscuyó el jefe—. Tenemos que dar siempre una buena imagen ante la gente. Muy bien lo que hiciste.

A Maldonado se le desfiguró la cara con lo expuesto por su superior.

Mientras, Morán rememoraba con morbosidad, las visitas de la joven.

—Esa hija de los Almanza, es una joven muy hermosa. Todo un "*hembrón*". Y por cierto novato, ¿por qué preguntas por ese caso?

—Quisiera tener autorización para poder revisar el expediente.

—¿A qué quieres jugar? ¿A *Sherlock Holmes*? ¡Tienes órdenes estrictas de no tocar expedientes aún! Estás en entrenamiento.

—Lo sé. Pero creo que pueden existir otras pistas que no se han tomado en cuenta o que algo se les pudo haber escapado. Por ejemplo, en la oficina donde fue encontrado el cuerpo. Puede que yo no tenga la experiencia, pero tuve una buena capacitación en la academia en cuanto a criminalística.

—¡Estás tratando de insinuar que no estamos haciendo bien nuestro trabajo, imbécil! —intervino Maldonado, algo irritado.

—No es lo que he querido decir, compañero.

—¿Lo haces por ella, novato? —preguntó Morán, levantando una ceja—. La última vez que vino, veía como te la comías con los ojos.

—No le niego que es una mujer muy bella, pero eso no tiene nada que ver con mi interés en indagar más en este caso.

Maldonado se le acercó con actitud desafiante y retadora. Prácticamente chocaba su frente con la de Carrasco.

—Te voy a dejar algo muy claro, Carrasco —lo señalaba con el dedo índice mientras le advertía con furor—. Es mejor que no metas tus narices donde no te llaman.

—Entiendo muy bien lo que quieres decirme, "Mole" —respondió Carrasco sonriendo, sin quitar en ningún momento la mirada a los ojos de su superior.

—Ya cálmense, muchachos. Parecen niños de escuela primaria. Son compañeros, no lo olviden —les dijo Morán, sin dar mucha importancia a la rivalidad de ambos agentes.

Maldonado continuó amenazante.

—Ya sabes lo que le ocurre a los que quieren espiar los archivos del Departamento sin autorización.

—Lo recuerdo. Te mandan un mes a la "ratonera".

—Qué bien que lo recuerdes, novato. Cuida tu puesto. Solo sigue instrucciones y tendrás mucho futuro aquí. Y no creas que porque viniste bien recomendado puedes hacer lo que te dé la gana.

—¡Ahora sí, ya basta, Maldonado! ¡Y tú también, novato!

—Mi deseo es ser útil a la institución, señor. Usted ha conocido mi trabajo estos tres meses. Sabe que soy fiel a sus órdenes. Por eso solicitaba hacer una revisión del caso.

—Espero que te mantengas así. Toma todo esto como parte de tu entrenamiento. Este tipo de casos, donde el culpable decide quitarse la vida en el acto, siempre son una pérdida de tiempo.

El novato solo asintió con la cabeza.

Después de su comentario sarcástico, Rey Morán se recostó sobre su silla reclinable, colocando sus manos sobre la nuca, y puso un cigarrillo en su boca. Pensó por unos segundos.

—Está bien, novato —le habló Morán, mientras encendía el cigarrillo—. Te dejaré que indagues más en el caso Almanza. Si logras encontrar alguna pista que demuestre lo contrario al suicidio, dejaré de llamarte novato y ya no ordenarás más archivos.

—Gracias, jefe. No se imagina lo que esto representa para mí.

—Ya, ya, ya. Sin lloradera. Lárgate y consíguete una buena hembra. Te la llevas a tu apartamento, se toman unas cervecitas bien frías y termina de disfrutar tu fin de semana. Y tú, Maldonado, colabora con él. Tienes mucha experiencia en estos casos de suicidios.

A Maldonado no le cayó muy bien la asignación, pero tenía que obedecer la orden.

Carrasco se acercó a él y le extendió la mano.

—Tal parece que seremos compañeros en este caso, Mole.

El otro no le aceptó el gesto. Se dio la vuelta y se dirigió hacia la máquina de sodas.

El agente novato, Oliver Carrasco, prefirió pasar unas horas bebiendo unos tragos dentro de la cantina *La Radio*. Como a las once de la noche, se encaminó hacia su apartamento en Río Abajo.

Durante el trayecto en su automóvil, dentro de su estado etílico que parecía controlarlo frente al timón, no dejaba de pensar en lo que podía depararle a Katherine dentro del asilo.

Los vestigios de una noche de tragos quedaban al descubierto al entrar con pasos oscilantes a su modesto apartamento de dos cuartos, y una pequeña cocina repleta de trastos sin fregar. Le fue un poco difícil encontrar el interruptor. Logró encender la luz a duras penas. La sala estaba decorada con cuadros que, a simple vista, se notaba que habían sido comprados en alguna venta de remate; y un juego de tres sillones. Sobre una mesita, en medio de la reducida sala, yacía una muñeca con un ojo caído, vestida con un traje rojo de lana.

Carrasco puso el mazo de llaves de Katherine sobre la mesa de metal del comedor de cuatro puestos. Varios retratos de él y su madre adornaban la repisa montada sobre la pared. Buscó en la cocina una caja de fósforos para encender la vela que custodiaba una estatuilla de la Virgen María. Se persignó frente a ella. Parecía ser un ritual cotidiano que hacía cuando regresaba del trabajo.

Luego, volteó la mirada hacia la mesa del comedor. Observaba detenidamente el manojo de llaves. Sobre todo, la llave dorada. Mientras lo hacía, su mente recapitulaba cada palabra que Katherine pronunció al momento que se las entregó en sus manos. Presentía que aquel reflejo que emanaba de la pequeña pieza de metal, le advertía un tipo de presagio. Una señal tal vez.

Caminó hasta colocarse frente a uno de los cuatro retratos de su madre. Entre balbuceos y muecas sin sentido, le gritaba a la imagen.

—¡Ya te escuché mamá! ¡Ya deja de regañarme como a un niño! ¡Ayudaré a esa muchacha!

Tomó la fotografía con sutileza, y le dio un beso. Con el puño de su camisa, limpiaba la saliva que dejaron sus labios sobre el vidrio que la cubría.

—Buenas noches, mamá.

Le hablaba a la foto en blanco y negro mientras se tambaleaba por su estado de ebriedad.

Luego se la acercó a su oído derecho, como si tratara de escuchar las olas del mar a través de un caracol.

—Yo también te extraño, mamá.

Volvió a colocar el retrato en la repisa, apagó la luz de la sala, entró a su cuarto y se lanzó sobre el colchón de la cama.

Con su rostro clavado sobre la almohada, trataba de comprimir el llanto y sus gimoteos, recordando a su madre. Luego, estiró el brazo derecho hasta su mesa de noche, para que su mano lograra alcanzar el botón de "*play*" de su radio casetera. Inmediatamente, de ambas bocinas germinaban las primeras notas de la canción *"Consejo de oro"* de *Héctor Lavoe.*

Para él, escuchar aquella melodía, cada noche tirado sobre su lecho, era como una canción de cuna que entraba en sus oídos y lo arrullaba, lentamente, hasta dejarlo caer en un sueño profundo sobre los brazos de… su difunta madre.

Capítulo 7

La visita

Asilo Santo, Cuarto de Enfermería,
8 de septiembre de 1979,
6:00 pm

Mientras acomodaba y hacía inventario de los escasos medicamentos con que contaba el Salón de Enfermería, Katherine se rascaba la cabeza pensando cómo en ese lugar carecían hasta de los fármacos y materiales básicos para atender a los infortunados ancianos.

Cajas de medicamentos cubiertas de polvo, y aún sin abrir, habían prescrito hacía años. Algunos implementos de primeros auxilios y una báscula estaban cariados por el óxido.

El desnivel de los anaqueles era notorio, a simple vista. Una caja más y podrían venirse abajo. El cesto de la basura haría erupción en cualquier momento, por la cantidad de material inservible que iba desechando Katherine.

—*Quien estuvo antes de mí, no hizo su trabajo* —habló consigo misma, recordando lo dicho por la madre Fidelina.

El área ubicada en la planta baja del asilo, no era muy grande. Más bien, parecía un depósito acondicionado para un área de atención médica. Había una mesita con varios frascos sobre ella; uno con algodón, y otro con alcohol, solamente.

Dentro de las gavetas encontró unas cuantas jeringas que podían alcanzar para unos días.

Katherine, como estudiante precavida, parecía estar preparada para cualquier situación de emergencia.

Trajo consigo unos cuantos utensilios médicos de su propiedad. Un tensiómetro que le regalara su padre el primer día que entró a la Facultad, una caja de cubre bocas y un estetoscopio.

En la cima de uno de los inclinados anaqueles, descansaba una caja sin registro, que atrajo por completo la atención de Katherine. Trató de alcanzarla poniéndose de puntillas, cual bailarina de ballet. A duras penas su dedo índice logró rastrillarla con la uña. Al dejar caer la caja, una decena de cucarachas salieron de su interior.

Mientras se sacudía los insectos que corrían por su cabello, escuchó el ruido de la puerta al abrirse. Alguien pretendía entrar con sigilo.

—¿Quién es? —consultó, mientras se aproximaba con cautela, lanzando lejos el último bicho.

Detrás de la puerta entre abierta, se escuchó la voz agrietada de una mujer.

—Disculpa que no haya tocado. Es que no quería que las hermanas me sorprendieran entrando aquí sola. Está prohibido. Y más a estas horas. Aquí nos tratan como si fuéramos niños.

—No se preocupe. Puede pasar.

A pasos lánguidos y fraccionados, entraba aquella mujer. Parecía tener unos setenta años. Su cabello blanco como la lana, enmarcaban su rostro con claras arrugas. Pero, a pesar de las acentuadas huellas del tiempo, una sonrisa brillaba de sus labios incoloros.

Sus ojos resplandecían como piezas de porcelana, compatibles con el color de su piel oscura, con trazos indígenas muy definidos.

Katherine se sintió en confianza de inmediato. Ambas intercambiaron, al unísono, una sonrisa espontánea.

La residente escurridiza contemplaba la juventud rebosante de la enfermera.

—¡Qué linda eres! Tu piel es tan suave como la fina seda que bordaba cuando era joven —dijo, mientras le acariciaba el rostro.

—Gracias, señora.

—Tan bella como me lo habían dicho Facundo y Jacinto. Cuídate de ellos. Son unos viejos picarones.

Todavía les quedan muchos trucos para conquistar a muchachitas como tú.

—No se preocupe. Puede estar segura de que seguiré su recomendación al pie de la letra.

—Ya veo que ordenaste un poco este lugar. Eso dice mucho de la clase de persona que eres. Así me decía mi difunta madre: "Una mujer debe ser pura y limpia por dentro y por fuera". Mi hermano Calixto se casó con una mujer muy cochina. Le fue terrible en su matrimonio. Tuvo que irse con otra mujer hacia las montañas de Pacora. ¡Ay, por Dios Santo! ¡Mejor ni te cuento cómo le fue con esa!

—Ya veo que tiene muchas historias que contar. Creo que usted y yo nos llevaremos muy bien.

—Ay, niña, eso podrás decirlo después de que tengas que ponerme las inyecciones en mi trasero. A las anteriores enfermeras les pesaban las manos. Sentía que esas agujas traspasaban mis pobres huesos. En los últimos dos meses, me he rehusado a que me las pongan. Pero aun así, extraño a esas enfermeras. Es una lástima que la última se hubiera ido de esa manera.

—¿A qué se refiere?

—Espera, déjame cerrar la puerta. Nadie debe saber que te lo dije. Las enfermeras que han estado antes de ti, han visto cosas muy extrañas. Apariciones de espíritus que deambulan por estos pasillos y, sobre todo, allá abajo en el sótano.

La anciana le cuchicheaba mientras estaba alerta a que nadie en el exterior de la pieza la escuchara.

Katherine, en ese momento, parecía deducir algo en su memoria.

—Por eso sentí que las hermanas evitaban hablar del asunto —pensó en voz alta.

—Aquí creen que no nos hemos enterado de esas cosas. Yo todo lo escucho. Mi sentido auditivo es el mejor. Ellas nos tienen prohibido leer periódicos, ver noticias en la televisión o escucharlas por la radio. Solo nos ponen música y radionovelas en una grabadora. Pero yo me entero de todo lo que pasa afuera. El padre Pereira me trae los periódicos a escondidas de las monjas.

—Lo conocí cuando llegué. Me dio buena impresión.

—Es un cura bueno. Dicen que tiene poderes especiales. He escuchado que ha logrado sacarles demonios a hombres, mujeres y niños de sus cuerpos. Viene cada semana a bendecirnos y a darnos la Comunión. Hay veces que veo cómo sus ojos inspeccionan cada rincón de esta casona. Como si percibiera cosas extrañas en este lugar.

Katherine no aguantó soltar una risa.

—Crees que soy una vieja loca, ¿no es cierto? Eres igual que la anterior enfermera. No me creía ni una palabra.

—No diga eso. Sí le creo. ¿Y qué ocurrió con ella? Con la enfermera.

—Su nombre era Isaura del Carmen Ríos. Entró muy entusiasmada como tú y las otras. Pero meses después, le temía a algo que había visto en el asilo. Y decidió irse como las otras. Quién sabe a dónde habrá escapado. Su hermana vino una vez buscándola. Dijo que no la había visto desde que salió de aquí. Es extraño porque a la otra enfermera también le ocurrió lo mismo. Sus familiares llegaron preguntando por ella. Como si desaparecieran misteriosamente después de que huyen del asilo.

En ese instante, tocaron a la puerta. La anciana contuvo su relato y la respiración. Luego de unos segundos de mudez, Katherine ordenó el acceso.

—Puede pasar. Está abierta.

Era la hermana Fátima. Su mirada hablaba por sí sola. Parecía estar molesta por la presencia de la residente dentro de la enfermería.

—Ya hemos hablado de que usted no puede levantarse sola de su cama. Recuerde la fuerte caída que tuvo hace unos meses que la dejó casi inválida.

La hermana Fátima era conocida por ser muy enérgica ante el incumplimiento de las reglas del asilo. Katherine notó la visible postura altiva de la religiosa.

—Dispénsela, hermana Fátima. Ella solo vino a decirme que sentía unos dolores en su rodilla derecha. Ya le iba a buscar un ungüento para aliviar su molestia.

—Ella sabe muy bien que tiene que esperar a que usted haga su ronda, o que una de nosotras la traiga hasta acá.

La anciana, con disimulo, le torció la boca y los ojos debajo del largo cabello blanco que cubría la mitad de su rostro.

—La verdad, ya no siento nada de dolor. Creo que es la postura que acostumbro tener al dormir. Gracias, enfermera…

—Katherine, enfermera Katherine, o solo dígame Katherine. Y por cierto, usted no me ha dicho el suyo.

—Amanda. Amanda viuda de Rodríguez.

La anciana volvió a colocar su mano sobre el rostro de la enfermera, con terneza.

—Sé que Dios te envió a este lugar para cuidar de nosotros. Ojalá puedas estar mucho tiempo en el Asilo Santo.

Katherine simplemente le respondió con un gesto cálido; contrario al de la hermana Fátima, quien mantenía su semblante de roca.

—Ya tiene que regresar a su habitación, señora Amanda. La enfermera Katherine tiene que descansar.

—Nos veremos pronto señora Amanda.

—Eso espero, hija. Rezaré todas las noches para que así sea. Recuerda que cuando estés aburrida, puedo prestarte mi álbum de recuerdos.

—Dudo que lo haga. Hay mucho que hacer en este lugar —interrumpió de inmediato la religiosa, con cierta petulancia.

—No seas tan amargada, Fátima. No pierdo la esperanza de ver al menos una sonrisa en tu rostro antes de morirme.

Katherine soltó una risa involuntaria. Mientras que Fátima, sostenía su cara de hielo.

La afable viuda se despidió de Katherine con un guiño, sin que la hermana Fátima se percatara de la inocua complicidad entre ambas.

La monja y la residente, abandonaron la enfermería.

El telón oscuro de la noche cayó sobre el escenario del hospicio. Eran las nueve. Katherine había puesto fin a la ronda diaria de pacientes, alrededor de las ocho. Estaba sentada sobre su cama, totalmente exhausta, aún con su uniforme blanco de enfermera. Escribía una lista de insumos médicos básicos y urgentes, en su libreta de notas. Había que suplir la enfermería con antisépticos, material de curación y fármacos, a pesar de que estaba anuente que las donaciones recibidas eran cada vez más escasas.

Encontró a varios de los residentes en estado frágil de salud. Necesitaban atención médica continua.

Después de restregarse los ojos, como muestra de cansancio por el extenuante día, decidió que era hora de darse una ducha para luego acostarse a dormir. Mientras buscaba su toalla, y sus otros implementos de aseo, se escuchaba a lo lejos la persistente trova del anciano. Ya no sentía tanto miedo. Sus oídos parecían estar acostumbrándose.

El baño compartido, afuera en el pasillo, aún conservaba el estilo de la época en que fue construida la edificación de dos pisos. Los azulejos y mosaicos se mantenían íntegros con sus anticuados colores pasteles, blanco y azul. La suave brisa nocturna, gélida, le envolvió el cuerpo y tiritó repentinamente de frío. Se apuró a cerrar la ventanilla de diseño clásico como aquellas mansiones europeas. Desnudó su delgado cuerpo. La luz fluorescente, de la bombilla que se columpiaba en el techo, hacían destacar los hermosos y delicados trazos de su figura detrás de la cortina plástica. Dentro de un cubo con agua fría flotaba un latón vacío con el que debía remojarse el cuerpo, que recibía el agua como si se tratara de dardos de hielo en la piel.

En ese instante, vio una silueta asomarse detrás de la ventanilla. Colocó el latón dentro del tanque con agua. Trató de ver a través del cristal, colocándose de puntillas, pero la cantidad de insectos muertos, adheridos a ella, le limitó la visión.

Apuró su ducha. Se vistió con un pijama rosado de dos piezas, pantalón y camisa, y regresó al cuarto. Frente al espejo cuadrado que colgaba de la pared del cuarto, cuando rastrillaba su cabello con el peine, escuchó que el anciano detuvo su canto. Los ojos de Katherine dejaron de parpadear unos segundos y el peine pareció haber frenado, de golpe, la travesía por su larga cabellera. Luego, escuchó unas voces de niños en el pasillo. Fue hasta la puerta de la habitación, la abrió, y no vio a nadie. El corazón empezó a latirle más rápido de lo normal, así como su respiración. Puso su mano derecha sobre el pecho para controlar ella misma la angustia que empezaba a dominarla.

—No dejes que te sugestione este lugar, Katherine. Tú no sabes lo que es el miedo —se convencía así misma.

Entró nuevamente al cuarto. Guardó el peine en la gaveta de la mesita al lado de la cama y tomó su abrigo gris de lana y, a pesar de la temperatura del piso, dejó a un lado sus pantuflas. Sintió necesidad de salir a hacer una visita nocturna al lugar.

Recorrió todo el pasillo hasta llegar a la escalera, sin hacer ruido. Una hilera de seis lámparas iluminaba el largo corredor. Dos de ellas parpadeaban de manera incesante. Parecía que podían fundirse de un momento a otro.

Cuando decidió pisar el primer escalón para bajar al sótano, escuchó una puerta abrirse y cerrarse de inmediato. Se quedó inmóvil unos segundos, agarrada del pasa manos. Esperaba oír alguna pisada, pero no ocurrió. Continuó bajando la escalera con prudencia. Cualquier tropiezo produciría un retumbante eco que despertaría a todos los residentes. La idea de caminar con sus pies desnudos, fue la más atinada.

La nombrada enfermera ya se encontraba en la planta baja. Encendió las luces. Observó el largo corredor que daba hasta una puerta de hierro negra.

Al igual que el piso superior, las lámparas del pasillo parpadeaban. Una nubecilla de mosquitos revoloteaban sobre ellas.

Katherine siguió caminando hasta llegar a la solitaria puerta negra. Cuando puso su mano sobre la manija, las luces se apagaron. Sintió una corriente helada sobre su espalda. Soltó la manija, volteó hacia atrás y vio la silueta de una persona al final del corredor.

Katherine se mantuvo callada. La oscuridad no colaboraba en lo absoluto para que ella pudiera lograr definir la figura que se aproximaba de manera paulatina. Era como si en cada abrir y cerrar de ojos, aquella cosa avanzara un paso delante de manera sincronizada.

—¿Quién eres? —preguntó Katherine en un susurro que intentaba no quebrarse.

El corazón le latía fuertemente, a punto de saltar de su pecho. Cuando sintió que aquello chocaría contra ella, las luces del pasillo se encendieron de inmediato. La figura oscura no se veía por ningún lado.

Un grito provino de la escalera que bajaba al sótano.

—¡Enfermera Katherine!—era la voz de la hermana Miriam.

Katherine sintió un alivio instantáneo. Respiró tan hondo como pudo y exhaló todo el miedo acumulado.

—¿Qué está haciendo acá abajo? —le preguntó con su tono sereno y afable, pero a la vez preocupado— Usted no puede visitar este lugar a estas horas, a menos que sea necesario.

Katherine buscaba de algún modo justificar su desacato. Se tardó unos segundos antes de responderle.

—Perdone, hermana Miriam, me pareció haber escuchado algo aquí.

—Puedo entenderla. Como es nueva, cualquier ruido que escuche tal vez la alerte. Este caserón está infestado de ratones y cucarachas.

—Mil disculpas. La verdad, no fue mi intención romper las reglas del asilo. Sé lo estrictas que son con eso.

—Irá aprendiendo poco a poco. No se preocupe. Venga, la acompaño hasta su habitación.

—Solo una pregunta.

—Dígame.

—¿Vio usted la figura de una persona, caminando por el pasillo, cuando se apagaron las luces?

—No vi a nadie. Cuando bajé, vi la luz encendida. Pero no me extraña que se hayan apagado. El electricista tiene meses que no viene. Lo cierto es que solo la vi a usted parada frente a esa puerta. Desde que estoy en este asilo, nunca ha sido abierta. La madre superiora conserva la llave.

Katherine miró con desconcierto la puerta negra, por un momento.

La religiosa la acompañó hasta su cuarto y, antes de retirarse, prefirió darle una advertencia.

—Le doy un consejo. Le suplico por favor, no cometa los mismos errores que las otras enfermeras.

—¿Cuáles fueron esos errores, hermana?

—Que tenga buena noche, enfermera Katherine —se despidió con frialdad y se retiró.

Perpleja y llena de interrogantes en su cabeza, la voluntaria se encerró en su habitación, escuchando a lo lejos el canto nocturno del anciano Oliverio, y preguntándose en su mente… ¿qué secretos escondía ese sótano?

Capítulo 8

La pista

Casa de los Almanza, San Francisco,
Ciudad de Panamá,
9 de septiembre de 1979,
11:30 pm

El pick-up gris del agente Carrasco se encontraba frente a la casa de los Almanza, la de las veraneras rosadas. No vaciló en tomar la decisión de penetrar en ella, con las llaves que le entregó Katherine. Se cercioraba que ninguno de los vecinos detectara su expuesta intromisión. Le pareció más propicio llegar de noche para no ser avistado por ellos. Estaba solo. Maldonado le inventó una excusa para no acompañarlo.

Llevaba una camisa blanca remangada, un jeans y zapatillas.

Antes de entrar, se colocó en las manos unos guantes de látex como si fuera una inspección de rutina.

El chirrido de la pequeña verja, que llevaba a la terraza, quería delatarlo. Por la quietud de esa hora, cualquier ruido era una alarma en potencia. Tanto así, que hasta los mosquitos se escuchaban zumbar en los oídos, como si fueran aviones de guerra.

La puerta de madera fue más fácil de abrir.

Dentro de la casa, utilizó su linterna. Los muebles estaban cubiertos con sábanas blancas.

Caminó de inmediato hacia el pasillo que daba a las habitaciones. Calculaba cada paso que hacía, para evitar tropezar con algún objeto que pusiera al descubierto su injerencia.

Se encontró con una primera puerta. Se percató que estaba trancada. Imaginó que, tal vez, se trataba de la oficina del señor Almanza.

Utilizó la llave dorada como Katherine le había indicado. Abrió sin problemas la puerta de aquel templo inviolable. Se adentró en el lugar. Apuntó el rayo de luz de la linterna hacia el escritorio. Revisó de arriba a abajo todas las gavetas y no encontró más que facturas y recibos de proveedores y clientes. Dedujo de inmediato que, el finado químico, no podía ser tan ingenuo como para haber guardado documentos importantes dentro de unas gavetas sin cerrojo.

Luego, alumbró hacia el librero en la parte posterior del escritorio. Lanzó todos los libros al suelo, buscando en cada comisura del mueble. Direccionó la luz de la linterna hacia abajo. Había un sobre de carta. Tenía algo escrito a mano en la parte de afuera. Decía: *Querida Coco*. El agente lo recogió y lo guardó en el bolsillo trasero de su pantalón.

De pronto, escuchó un ruido que pareció provenir de la sala; al igual que unos pasos en medio del pasillo. Carrasco apagó de inmediato la linterna, y se mantuvo estático dentro de la oficina, recostado sobre el cuadro con la fotografía de recién casados de los padres de Katherine que colgaba de la pared.

Contuvo la respiración unos segundos. Luego las pisadas parecieron desplazarse hacia la sala.

Sacó con cautela el arma de su funda en la parte trasera del pantalón. Abrió la puerta de la oficina muy despacio. Apuntó el cañón hacia adelante con las dos manos. Caminó por el corredor a oscuras. Nuevamente se escuchó ese ruido por la sala. Esta vez decidió enfrentar lo que parecía ocultarse dentro de la casa de los Almanza.

—Sea quien sea o lo que esté allí, es mejor que muestre sus manos en alto. No dudaré ni un segundo en darle un tiro en la cabeza, si no hace lo que le digo.

El agente encendió la linterna y dirigió la luz hacia los muebles de la sala. Vio algo que se movía entre los sillones. Un maullido lo puso en alerta. Se percató de que simplemente se trataba de un gato negro, con ojos amarillos, que husmeaba dentro de la casa.

—¡Gato infeliz! —exclamó, con una sonrisa forzada.

Rápidamente, bajó el arma y la regresó a su funda. Justo en ese momento sintió que la presencia sorpresiva del felino le indicaba que era hora de irse.

Capítulo 9

La habitación oscura

Asilo Santo,
10 de septiembre de 1979,
6:00 pm

Al día siguiente, Katherine asumía con mucha más calma la ansiosa curiosidad que despertó el albergue en ella. Intentaba seguir al pie de la letra las reglas. Debía ganarse la confianza de las monjas y, sobre todo, de la hermana Fátima. Quedaban muchos días por delante.

La mañana y la tarde avanzaron sin percance alguno. Logró conocer a los demás residentes. Unos eran muy silenciosos y preferían mantenerse solitarios en alguna esquina del asilo. Otros, gemían día y noche como si cargaran a cuestas una dolencia perenne. A pesar de lo perturbador que le podía parecer a Katherine, ella simplemente les regalaba una sonrisa a lo lejos. Algunos, por el contrario, le contaban chistes y eran muy parlanchines, tales como el señor Facundo y el señor Jacinto. Siempre estaban sentados juntos, en una de las banquetas de los pasillos. Cada vez que Katherine caminaba cerca de ambos galanes, no desaprovechaban la oportunidad para dispararle un piropo. A pesar de sonar anticuados, ella los recibía con simpatía y les respondía su agradecimiento con un inocente guiño coqueto.

Al caer el rocío nocturno en El Valle, en el reducido vestíbulo donde estaba colocado un antiguo televisor de no más de veinte pulgadas, en blanco y negro, y con más interferencias que la transmisión en vivo del Apolo XI, estaba sentado don Aquiles Bustamante; un anciano soltero, extremadamente conversador. Lo conocían como “el hombre historia”. Se sabía todos los sucesos de Panamá, más que cualquiera. Después de jubilarse como profesor de Historia, de la Escuela Isabel Herrera de Obaldía, sufrió una severa depresión. Había perdido su casa en una disputa legal con sus hermanos y se internó voluntariamente en los parques de la ciudad. Las bancas de cemento eran su cama y habitación. La soledad lo llevó a sumergirse en el alcohol y luego en las drogas.

Unos años antes fue rescatado por una de las monjas. Se hallaba al borde de morir de hambre. Lo encontraron tirado en medio de unos tanques de basura en la Avenida Central y fue llevado al asilo.

—Buenas noches, don Aquiles. Ya es hora de dormirse. No debe estar aquí. Si la hermana Fátima se da cuenta que no está en su cuarto, ya sabe la que se arma.

—No quiero ir a mi habitación. Estoy seguro de que hoy vienen por mí. Presiento mi muerte. Los estoy esperando —dijo el anciano de barba blanca, quien parecía entrar en una crisis de pérdida de lucidez.

—No hable así, don Aquiles. Aquí nadie se lo va a llevar todavía.

—¡Creo que los alemanes nos quieren exterminar!

—¿De qué alemanes habla? Creo que ha visto demasiados capítulos de la serie "Combate".

Katherine caminó hasta el televisor, lo apagó, y regresó hasta donde estaba él. Luego, lo tomó suavemente por el brazo para ayudarlo a levantarse de la silla.

—Vamos, don Aquiles, lo llevo hasta su cuarto.

El anciano se liberó toscamente de las manos de Katherine.

—¡Suéltame, chiquilla atrevida! —le gritó con una furia inesperada—. ¡No me trates como si fuera un viejo estúpido! ¡Sé muy bien lo que te digo!

Katherine se quedó muda y atónita. Jamás esperó una reacción tan violenta por parte de don Aquiles, quien siempre fue muy cordial con ella. Era como si el pasado avivara los trastornos que padecía.

—¡Nadie sabe la historia más que yo!

Ella guardó su distancia. Temía otra rabieta por parte del historiador.

—¿De qué habla, don Aquiles?

—De ellos —le contestó en voz baja, y mirando de un lado a otro—. Cuando estalló la Segunda Guerra Mundial, el entonces presidente de nuestro país, Ricardo de la Guardia, colaboró con el gobierno de los Estados Unidos para la deportación de alemanes que residían aquí. En aquel tiempo, los malditos gringos querían proteger "su Canal". Pero algunos alemanes, incluso partidarios encubiertos del sistema nazi, se ocultaron en campos apartados de la ciudad, cambiando sus nombres. Unos han mantenido una vida digna y honrosa. Mientras que otros, llevan aún en sus venas el odio y la maldad heredados por el grupo alemán Tercer Reich que fue comandado por Hitler.

—¿Y qué pudieron haber hecho esos alemanes que se mantienen ocultos? —le preguntó Katherine, tratando de contener la risa, tapándola con sus manos.

—Experimentos, Katherine… experimentos con humanos. Más muertos que la masacre de judíos en Chiriquí durante el cuarenta y uno, o los crímenes del…

—¡Ya basta!

Un grito cercenó la narrativa del viejo Aquiles.

Era la hermana Fátima que, entre el claroscuro de la sala, apareció de forma sorpresiva.

—Hermana Fátima. Disculpe. Ya iba a llevar al señor Aquiles a su habitación.

—Ese trabajo déjemelo a mí. Por otro lado, señor Bustamante, ya le he dicho que no siga asustando a la gente con sus ridículas historias fantásticas. Tendré que volver a darle el medicamento que controla sus crisis.

—No será necesario. Ya me iré a dormir —afirmó don Aquiles con muestras de pánico en sus ojos, antes de voltearse hacia la enfermera—. Gracias Katherine de todas formas. La verdad, no fue mi intención hablarte de esa manera y asustarte con mis historias. Es culpa de mis crisis, como dice la hermana. Te pido disculpas.

—Pierda cuidado, don Aquiles. Descanse.

—Ya se puede retirar, enfermera. Llevaré al señor Bustamante a su habitación.

—Sí, hermana Fátima. Con su permiso, me retiro. Buenas noches.

En ese instante, don Aquiles sacó su pañuelo del bolsillo del pantalón y tosió varias veces sobre él. Miró el paño y estaba empapado de sangre. Su cuerpo empezó a estremecerse y sus ojos se pusieron blancos. Parecía que perdía la conciencia.

—¡Tráigame la silla de ruedas, enfermera!

—ordenó Fátima.

Katherine se precipitó a buscarla.

—Déjeme revisarlo, hermana.

—¡Yo me encargo de él! Ya esto había ocurrido antes. Estoy acostumbrada a lidiar con los achaques de nuestros residentes. Su horario de trabajo terminó.

La voluntaria respiró hondo y exhaló, para luego retirarse.

Durante su andar hacia el dormitorio, Katherine iba acompañada por la serenata "Historia de un amor" del anciano Oliverio. No dejaba de pensar en la sangre que don Aquiles había expulsado por la boca.

Al llegar a la puerta de su cuarto, mientras estaba a punto de girar la manija, escuchó nuevamente las voces de unos niños corriendo abajo en el sótano, diseminándose por toda la arquitectura antigua del asilo. Aquello colmó de pánico a la practicante. Se podía observar cómo el desconcierto y el terror se adhería a su cuerpo. Parecía haberse paralizado ipso facto.

A su izquierda, a unos treinta metros de donde se encontraba, alguien la observaba desde la mitad del pasillo. A esa distancia, y con el titileo de las lámparas, Katherine no podía distinguir de quién se trataba hasta que aquel sujeto inmóvil, se dignó en hablarle.

—¿Ocurre algo, enfermera?

Katherine, graduaba su visión frunciendo el ceño.

—¿Hermana Fátima? —consultó susurrando.

—Sí. ¿Hay algo que pueda hacer por usted?

—¿No escuchó a esos niños? Parecía que corrían abajo en el sótano.

—Lo siento, pero no escuché nada. Este es un asilo de ancianos, no de niños, enfermera.

—Disculpe, creo que tuve mucho trabajo hoy. Debe ser el cansancio. Y, ¿don Aquiles? ¿Cómo siguió?

—No se preocupe, por él. Estará bien. La hermana Miriam ya lo está atendiendo. Buenas noches, enfermera Katherine.

La misionera, manteniendo su porte rígido, se dio vuelta de inmediato, y se retiró.

El misterioso comportamiento de Fátima, y el tono adusto con que respondió, de ningún modo ayudó a aplacar el miedo y la preocupación que abrazaba a la joven estudiante.

Dentro de la habitación, Katherine logró conciliar el sueño a pesar de los esfuerzos que tuvo que hacer para conseguirlo. Pero, aquel éxito, duró muy poco. A las dos de la madrugada, una voz murmurante le habló al oído. Ella estaba segura de que había sentido un aliento helado sobre la parte exterior de su oreja derecha. No le fue fácil abrir sus ojos a pesar de estar despierta. Hizo un doble esfuerzo hasta que por fin pudo destapar sus pupilas. Al ver a su alrededor, estaba rodeada de pequeñas siluetas blancas y transparentes. No era capaz de precisar de quiénes se trataban. La opacidad del cuarto, solo dejaba distinguir perfiles difusos custodiando su cama.

Katherine intentó pronunciar unas palabras, pero su voz no podía escaparse de su caja torácica. Simplemente gesticulaba para decir algo. Trataba de mover sus brazos para poder tocar uno de los seres espectrales, pero algo más fuerte que ella se lo impedía.

—*Sálvanos Katherine… sácanos de aquí…*

Varias voces de infantes le susurraban al oído, cada vez más fuerte. Katherine trataba de ordenar su mente para poder descifrar el mensaje de cada uno de ellos. Pero se dio cuenta de que todos parecían decir lo mismo, "sálvanos, sácanos de aquí…".

La huésped se exigió mucho más para expulsar tan siquiera un vocablo. Aún tenía dificultad para hablar. Sacó fuerzas de donde no tenía.

—¿Quiénes son ustedes? —preguntó Katherine, entrecortado y pujado.

En ese momento, una imagen, poco clara, se manifestó ante ella.

Era la figura de una niña de cabello largo y negro. Aparentaba tener unos seis años. Vestía un traje largo con estampados de flores, que llegaba hasta sus pies descalzos. Tenía la piel de color canela. El espectro se hacía más visible, al igual que los otros pequeños que iban apareciendo detrás de ella.

—Tienes que encontrarnos, Katherine. No queremos estar más en el Asilo Santo… —le habló la pequeña, con una voz atormentada.

—¿Dónde los busco? —preguntó Katherine, recuperando el habla.

—Él nos prohíbe decirlo…

—¿Quién es él?

La niña, junto con los demás cuerpos traslúcidos, iba desapareciendo al cruzar la puerta de la habitación. Como si la pregunta hubiera causado un efecto repelente en la manifestación sobrenatural.

Aquello la despabiló de lo que parecía ser un sueño lúcido. Más bien surrealista. Como un sueño dentro de otro sueño.

Se despertó agitada. Miró su reloj de pulso. Marcaba las dos de la madrugada, aún. Como si el tiempo se hubiera congelado. Sin siquiera pensarlo, se levantó de la cama, se colocó su abrigo de lana gris y, descalza, salió del cuarto. Quería ver a dónde se dirigían aquellas imágenes.

Mientras daba pasos sigilosos, el frío debajo de sus pies la obligaba a dar pequeños brincos, como si hubieran esparcido tachuelas invisibles sobre el piso. Pero, los espectros, ya habían desaparecido.

Se quedó atolondrada en medio del corredor. De pronto, escuchó al cantor del asilo, don Oliverio. La cortina musical, "Historia de un amor", le calmó mágicamente la angustia.

Al ver el área en completa soledad, pensó en visitarlo. Era su oportunidad. Bajó al piso de las habitaciones de los residentes. Al estar frente a la puerta del trovador, dio un suave giro a la manija. Casi conteniendo el aire mientras lo hacía. Logró abrirla sin hacer ruido y, estando adentro, la volvió a cerrar con la misma meticulosidad.

La habitación estaba media oscura. Solo la luz de la luna atravesaba los cristales de la ventana. Era suficiente para que Katherine pudiera ver la imagen del anciano sobre la cama, quien vocalizaba aquella canción con dolor y desespero. Parecía un lamento por un amor perdido, o por la añoranza de sus recuerdos.

Katherine hizo un registro visual de la habitación. Se dio cuenta de que las paredes estaban desnudas. Sin cuadros, y sin repisas, como las que tenían los otros residentes. Pero se percató de que la pared detrás de la cama tenía una marca, en forma de cruz, en la parte superior. El tono de la pintura en ese espacio era de otro color.

Ella no se atrevía a acercarse. Mantuvo la distancia desde la puerta. Vio que una silla de ruedas estaba al pie de la cama.

Unos segundos después, se silenció la voz del ciego.

El cuerpo de Katherine, se solidificó. Solo sus ojos parecían tener signos vitales. Mientras experimentaba un aparente estado catatónico, desfilaba por su mente la advertencia de la madre Fidelina.

Movió su brazo izquierdo pausadamente, para que su mano llegara al interruptor de la luz del cuarto.

—No necesitas encenderla —la sorprendió el anciano con su voz quebrada.

Katherine quitó de inmediato la mano del switch.

—Escucho tu agitada respiración. No tienes por qué temer. Ven. Acércate y toma asiento.

Ella no esperaba recibir tal demostración de camaradería por parte del anciano, ya que no coincidía con la descripción que le había dado la madre superiora.

Siguió cada paso ordenado por él. Se aproximó a la cama con reserva, y se sentó en la silla de ruedas. Se sintió extraña en ella.

—Ese perfume no lo había sentido nunca en el asilo. Debes ser la nueva enfermera, ¿no es cierto?

—Sí, señor Oliverio. Mi nombre es Katherine. Katherine Almanza —respondió, aún con cierto recato.

—Ya veo que conoces de mí. Espero que no te hayan dicho nada malo de este viejo ciego.

—Solo me han dicho que es un… —guardó mudez unos segundos antes de terminar su respuesta.

—¿Qué enfermera, Katherine?

—Que… es una persona muy especial.

—Más les vale —sonrió—. Sé que muchos en este asilo desean que muera de una vez. Soy un estorbo, lo sé.

—No hable así, don Oliverio. He sabido que cuidan muy bien de usted.

—Hubiera deseado morir entre los basureros de las calles de San Felipe, de donde me recogieron hace años. Ya tendría la paz que busco, al lado de mi adorada Eleonor.

—¿Era su esposa?

—Sí. Murió hace muchos años. "Historia de un amor" era nuestra pieza favorita. La cantábamos juntos todo el tiempo. Le prometí no dejarla de cantar nunca. Quisiera morir y estar con ella.

—Dios es el único que tiene el derecho de decidir cuándo comienza y cuándo termina la vida de cada uno de nosotros.

—En mi vida… él no decide, Katherine.

—¿Quién, entonces, don Oliverio?

Al momento que él decidió responderle, su endeble y delgado cuerpo comenzó a temblar. Como si algo lo sacudiera desde su interior. Su espalda se arqueaba hacia atrás. Cada una de sus extremidades empezaba a cobrar vida propia. Una baba blanquecina salía por la comisura de su boca.

Katherine se levantó de la silla de inmediato.

El anciano apretaba sus párpados y sus puños, como resistiéndose a algo, o a alguien inmaterial.

—¡Ha vuelto! ¡Tienes que salir, Katherine! —gritaba con su voz rasgada.

Katherine, al ver que don Oliverio estaba a punto de convulsionar, intentó controlarlo, pero el invidente la tomó por el brazo y la haló hacia él. Acercó su rostro al de ella. La olfateaba como una fiera a su presa antes de devorarla.

—¡LÁRGATE DE AQUÍ!

Esta vez, el grito que arrojó el anciano de pupilas albinas, era aterrador. Como si un demonio infernal estuviera dentro de él.

Los vasos capilares de sus lívidos globos oculares se esparcían como enredaderas de ramas rojas.

Katherine logró zafarse rápidamente. Estaba aterrada.

Se dirigió hacia la puerta y salió del cuarto. Pero para su sorpresa, alguien estaba afuera esperándola.

—¡Enfermera Katherine!

La voluntaria se volteó y se dio cuenta de que se trataba de la hermana Fátima.

—Perdone mi intromisión a este cuarto hermana Fátima. Lo que pasa es que…

—No quiero escuchar más sus justificaciones.

—Disculpe. Me retiro. Con su permiso, hermana.

Fátima no le respondió. Mantuvo su acostumbrada cara de hielo, siguiéndola con el rabillo del ojo.

Katherine subió las escaleras tan rápido como pudo hasta llegar a su cuarto, y se cobijó de inmediato debajo de la sábana de lana.

—¿Qué rayos ocurre en este lugar? —se preguntaba—. ¡Debo irme de aquí! ¡No, no puedes irte! Cálmate Katherine. Tú puedes controlarte. Recuerda la razón por la que estás aquí.

Sus ojos parecían saltar de sus órbitas. Se persignó tres veces.

Un relámpago resplandecía, a través de la ventana, anunciando la inminente llegada de una tormenta. Las gotas de lluvia empezaban a adherirse a los cristales de la ventana, recrudeciendo el pánico de Katherine.

Como si aquella experiencia tenebrosa no hubiera sido suficiente para horrorizarla.

La puerta de madera de su cuarto dejó escapar un tenue toc-toc.

Ella se levantó para abrirla. Se mantuvo unos segundos callada antes de girar la manigueta. Pegó su oreja izquierda a la puerta para cerciorarse de que el visitante aún estaba allí.

Tomó un respiro y la abrió.

Frente a ella, debajo del marco de la puerta, estaba la señora Amanda cubierta con un abrigo de lana. Bajo su brazo tenía un álbum de fotos.

Aquella extraña corriente gélida, que había corrido por su cuerpo minutos atrás, se desleía con la presencia de la encantadora anciana.

—¿Pasa algo, Katherine? —dijo la anciana.

—No, nada, doña Amanda —le dijo en voz baja—. Creo que es mejor que entre. No puede estar a estas horas por los pasillos.

Katherine miró hacia afuera de un lado a otro. Luego le puso su mano derecha sobre la espalda, y la desplazó suavemente hacia adentro, mientras que con la otra, cerraba la puerta.

—Puede sentarse en mi cama, si quiere.

—Gracias, Katherine. Pero solo vine por un minuto.

—¿A qué vino señora Amanda?

—Solo vine a traerte mi álbum de recuerdos que te prometí. Lo escondo todo el tiempo debajo de mi colchón. Las monjas piensan que es un simple álbum de fotos, pero no imaginan lo que representa para mí. No creas que no me he dado cuenta de que has husmeado en varios rincones del asilo. Te dejaré dormir. Ya pronto amanecerá.

—¿La llevo a su habitación?

—Iré sola. Debes quedarte y descansar.

La residente salió de la habitación, caminando a paso lento, a través del pasillo.

Katherine dejó la luz encendida. Esta vez no quiso dormir a oscuras.

Afuera, la tormenta había redoblado su furor.

Después de varios intentos fallidos por conciliar el sueño, decidió tomar el álbum que le había dejado la señora Amanda. Se sentó en la cama con sus piernas cruzadas, y le dio una ojeada para tratar de simplificar su sobresalto. Pero lo que había adentro no eran precisamente fotografías sino, antiguos recortes de noticias. Ahora comprendió por qué ocultaba aquel álbum, forrado en papel de regalo, que representaba, para doña Amanda, su tesoro más preciado. En cada página se plasmaba una serie de incidentes trascendentales en el país; la tragedia del autobús en el Puente de Las Américas en 1971, donde murieron treinta y ocho personas; la firma de los Tratados Torrijos Carter en 1977, entre otros.

Pasaba las hojas una a una, sin parpadear siquiera. Volvió a revisar las páginas iniciales y se detuvo en una serie de titulares que despertó su atención. Eran recortes de junio hasta diciembre de 1970: "Desaparecen niños en Antón", "Más niños siguen desapareciendo en Coclé".

—¡Dios!

Cerró el álbum de inmediato y lo colocó nuevamente en la mesa de noche. No dejaba de jadear desde que vio aquellos alarmantes titulares.

Recordó que en su valija traía un frasco con unas pastillas para dormir. Sacó una y se la tomó.

Volvió a arroparse hasta el cuello. Después de unos minutos, logró conciliar el sueño.

Al cabo de un rato, un zumbido repentino frotó sus oídos. Empezó a escuchar ruidos dentro del cuarto. Sintió que alguien se sentó sobre su colchón. Como si un ente incorpóreo lo hubiera hundido. Katherine se impulsó con sus manos hacia atrás, hasta quedar con la espalda pegada a la pared. Había llegado al límite de la cama. Intentó mover sus piernas, pero estaban entumecidas. Podía ver cómo aquel ser inmaterial iba dejando marcas sobre el cubrecama. No quería gritar, aunque ganas no le faltaban. Sabía que de hacerlo, la podían considerar una desequilibrada mental y la echarían del asilo. Extendió su mano hasta el cajón de la mesita de noche para alcanzar la Biblia y el rosario. Agarró ambos, pero los nervios hicieron que el rosario se enredara con el tirador de la gaveta. Se rompió, y la sarta de cuentas cayó al suelo. Abrió la Biblia y buscó de inmediato el *Salmo 17*. Sus manos temblaban al pasar las delgadas páginas, al igual que su voz al leer los sagrados textos.

—Guárdame como a la niña de tus ojos; escóndeme a la sombra de tus alas lejos de esos malvados que me acosan, de

mis enemigos que quieren mi muerte. Tienen el corazón taponado de grasa, y con arrogancia habla su boca…

Un grito disonante y ensordecedor la obligó a taparse los oídos y… despertarse. La manifestación sobre su cama, había sido parte de una pesadilla.

Atemorizada, miró cada vértice del cuarto en búsqueda de una explicación a lo ocurrido.

Capítulo 10

Revelaciones en susurros

Asilo Santo,
11 de septiembre de 1979,
6:00 pm

La hora era propicia para que los residentes del albergue aprovecharan el calor de la tarde para mermar el frío del invierno en las altas colinas de El Valle de Antón. Las monjas, como de costumbre, empujaban pacientemente las sillas de ruedas hacia adelante ocupadas por pilotos octogenarios quienes, a punta de rabietas y gritos, decidían la ruta a seguir a través del complejo. Otras servían de bastón de apoyo desplazándose lentamente con ellos, a paso sincronizado, por los pasillos del piso inferior y superior.

Los seniles menos débiles caminaban por sí solos sosteniéndose de las paredes, o cualquier objeto fijo, que estuviera a su alcance.

Katherine, vestida de blanco con su gorro de enfermera sobre la cabeza y el estetoscopio colgando del cuello, le preguntaba a cada uno su estado anímico y de salud. A pesar de que se sentía agotada por sus desvelos nocturnos, siempre los atendía con una agradable sonrisa. Sin embargo, a veces cabeceaba mientras tomaba la presión arterial de algunos residentes.

La relación entre la hermana Fátima y la enfermera continuaba seca y distante. Después de que ambas se encontraron en el cuarto de don Oliverio, la religiosa la miraba con desconfianza.

Pero por otro lado, los residentes y las otras monjas le mostraban su agradecimiento por su buen desempeño como practicante de enfermería, en tan pocos días de permanecer en el asilo.

Cualquier otra persona, en su lugar, hubiera tomado sus maletas para huir de ese sitio. Pero, ahora, había dos razones muy fuertes para mantenerse aún allí; lograr escuchar, al menos, un mensaje de su padre y de los niños.

Relacionaba las manifestaciones que había tenido las noches anteriores, con las extrañas desapariciones de los infantes en el año 70. Pensó que su llegada al Asilo Santo era mucho más que una búsqueda de respuestas. Era, más bien, una misión asignada por Dios.

Por tal razón, debió contener su desconfianza ya que empezó a despertar cierta malicia entre algunas de las religiosas. Sobre todo, en Fátima.

Katherine decidió utilizar nuevas estrategias para manejarse allí dentro. Confraternizar con la mayoría de las monjas, fue una de esas. Pero no le dio carta abierta para penetrar en los lugares prohibidos por el reglamento.

Conoció la pequeña huerta, en la parte este del asilo, donde las hermanas cultivaban legumbres y verduras. Había también árboles frutales, como mangos y aguacates. Era un terreno cercado por alambre de púas donde podían verse unas cuantas gallinas ponedoras que merodeaban entre los maizales y los tallos de plátanos, para hacer sus nidos y empollar sus futuros polluelos.

Por otro lado, Katherine no entendía la razón por la cual se restringían las visitas al lado oeste del asilo. Era todo un misterio. La curiosidad por descubrirlo se sumó a su lista de reglas que ansiaba poder romper.

Había caído la tarde. La practicante terminó de tomarle la presión a su último paciente. A pocos metros de donde ella se encontraba, estaba la señora Amanda. Observaba hacia afuera por uno de los ventanales. Manifestaba un semblante diferente al de otros días. Se notaba apagada y con los ánimos rendidos.

Katherine se acercó hacia ella y le puso su mano izquierda sobre el hombro.

—¿Le ocurre algo, señora Amanda?

—Es el padre Pereira. Necesito que esté aquí. Cuando pasa días sin venir al asilo, me siento vacía. Como si la fe se alejara de mí, si él no está. Es bueno siempre recargarse de la palabra de Dios. He podido comprobar que durante su ausencia, este asilo toma un tono oscuro y lúgubre. Él es nuestra luz. Yo estoy segura de su poder divino.

—No se preocupe. Ya vendrá pronto —la consolaba, tomándole las manos—. ¿Por qué mejor no hablamos de usted? No me ha dicho cómo fue que llegó al Asilo Santo.

—Dios mío…ya han pasado casi seis años desde que pedí albergue voluntariamente en este lugar. A veces quisiera irme de aquí pero, ¿a dónde iría? No hay otro lugar que quiera darle hospicio a esta vieja achurrada y hedionda a alcanfor… Prefiero que hablemos de ti. Veo que las cosas han mejorado dentro del asilo y te llevas mucho mejor con algunas de las monjas.

—Sí, así parece. Aunque hay veces que quisiera darme por vencida. Incluso había pensado llamar a la facultad para desistir de mi práctica. Pero al final, siento que no valdría la pena abandonar a estos ancianos. ¿Dónde quedaría mi vocación de servir? No es lo que la universidad me enseñó.

—Eres buena, Katherine. Una mujer joven y bella. Pero desde el día que llegaste, he notado cambios en ti. No puedes engañar a esta anciana. Tienes mucha curiosidad por explorar lugares prohibidos en este lugar. No quiero que me mientas. Te he abierto mi corazón y mis secretos. Estoy dispuesta a ayudarte siempre y cuando tengas confianza en mí, como yo lo tengo en ti...

La forma sosegada como la señora Amanda destiló cada palabra de sus arrugados labios, ablandó los cimientos más profundos del alma de Katherine. No tuvo más remedio que abrirse para revelar sus manifestaciones nocturnas.

—Esos niños, doña Amanda.

—¿De qué niños hablas?

—Los he escuchado por los pasillos. Ellos se han manifestado ante mí. Me piden que los saque de aquí.

—¿Crees que hay algo más que te ha traído al Asilo Santo?

—Tal vez. En un principio pensé que eran cosas locas dentro de mi cabeza. Pero ya he tenido varias manifestaciones. Además, vi su álbum de recortes. Allí tiene las noticias de las desapariciones de los niños en 1970. Creo que debe tener alguna relación.

La señora Amanda aproximó su boca al oído de la joven voluntaria para secretearle algo.

—Siempre he pensado que hay muchas cosas que mejor… no debemos conocer del Asilo Santo.

—¿Como el sótano y el lado oeste?

—¡Cállate!

Le gritó tapándole la boca. Esta vez, volvió a hablarle en voz baja.

—No vuelvas a mencionar ese sitio delante de nadie.

—¿Qué se esconde en él, señora Amanda? ¿Sabe usted algo?

—Hay muchos secretos allá abajo. Es mejor mantenerlos ocultos. Ese lugar esconde una puerta de acero que permanece cerrada todo el tiempo. La madre Fidelina es la única que tiene la llave.

—Lo sé. Estuve allí y vi a alguien acecharme. Creo que ese alguien quiere que me vaya del asilo. Lo escuché también de la voz de don Oliverio cuando…

—¡Al comedor hermanas! ¡Es la hora de cenar!

El grito de la hermana Miriam, contuvo las palabras de Katherine.

—¡Qué locura me acabas de decir, niña! ¿Entraste a la habitación de don Oliverio?

—Eso fue lo que primero me trajo aquí. Lograr comunicarme con mi padre muerto. Todos suponen que fue un suicidio, pero yo no lo creo.

—Viniste por… ¿el mensajero de las almas?

—Sí. Un hombre me confesó que logró escuchar a su madre a través de él.

—Oliver Carrasco. Su madre fue una residente muy querida. Éramos muy unidas, hasta que su enfermedad se la llevó. Sufrió mucho.

—Necesito entrar a ese cuarto nuevamente.

—¡No puedes! ¡Te echarán de aquí si vuelves a romper las reglas!

—Quiero correr el riesgo, doña Amanda. Vine al Asilo Santo en busca de respuestas y además, ahora, también debo desvelar un secreto.

—Ten mucho cuidado con don Oliverio. A veces lo escucho gritar en las noches. Como si un espíritu maligno se apoderara de él.

—Hábleme del lado oeste del asilo. ¿Por qué está prohibido visitar ese lugar?

—Nadie lo sabe, Katherine —dijo la anciana, apoyándose en el brazo de la voluntaria—. Mejor ve a cenar, muchacha. Estás muy nerviosa. Ya no preguntes más. Es mejor que me dejes en la habitación y después te vas directo al comedor.

En el trayecto, uno de los residentes despertó la atención de Katherine. Estaba parado frente a una de las ventanas con unos binoculares, viendo hacia afuera del asilo. Era caucásico. Usaba una boina de lana marrón, al estilo de los años treinta, y una camisa blanca que hacía juego con su barba. Lo cubría un abrigo color vino. El pantalón era negro, con doble pinza, y calzaba zapatos de charol. Ella recordó de inmediato que se trataba del anciano que la observó desde esa misma ventana, el día que llegó al asilo.

—¿Quién es él, señora Amanda?

—¿El de la ventana? Su nombre es Arturo Sarmiento. Cumplirá setenta y tres años el próximo mes. Esos binoculares son sus ojos. No quita su vista de las ventanas ni un segundo. He escuchado que duerme unas pocas horas en el día para mantenerse en vigilia por las noches.

—¿Y cuál es la razón?

—Quiere saber quién entra y quién sale de este asilo. Creo que está obsesionado con el trabajo que realizó toda su vida como "guachimán" en una empresa gringa de la zona del canal. Aquí, en el Asilo Santo, conocerás a muchos locos como él. Vamos, la comida se enfría.

Katherine se volteó nuevamente, con disimulo, para mirar al retirado celador, antes de continuar su camino hacia el comedor. Esta vez, él le devolvió la mirada. Su conexión óptica con la enfermera fue tan intensa, que ella prefirió desconectarse de aquel choque visual que la sacudió.

Capítulo 11

Cómplice

Departamento Nacional de Investigaciones (DENI)
11 de septiembre de 1979,
7:15 pm

El agente Oliver Carrasco ordenaba algunos expedientes, dentro de los viejos archiveros del DENI, mientras que su jefe Rey Morán y los otros agentes de turno, preparaban su plan de "noche de cervezas".

—¿Esta vez vas a venir con nosotros, novato? —preguntó Morán, cuando cerraba la puerta del despacho, rodeado de su cuadrilla de subalternos aduladores—. Hoy es noche de cervezas. Tranquilo, el Capitán paga.

—Se lo agradezco, jefe, pero necesito terminar de ordenar estos documentos. Será para otro día.

—¡Así me gusta muchacho! ¡Dedicado a su trabajo, carajo! ¡Aprendan! —lo elogió Morán—. Otra cosa, ¿cómo vas con el caso del suicidio del químico? ¿Has hecho algo?

—La otra noche entré a la casa de los Almanza.

—¿Cómo? ¿Forzaste las puertas? ¡Te volviste loco, novato!

—No se preocupe. Tuve la autorización de la joven Katherine Almanza. Ella me confió sus llaves por si necesitábamos investigar alguna otra cosa.

—¡Ese es mi novato! ¿Escuchaste Maldonado? Conquistar a una mujer es un buen recurso para obtener un fin. ¡Excelente!

La cara de Maldonado parecía explotar del cabreo.

—¿Y qué encontraste? —consultó Morán.

Carrasco se quedó pensando, unos segundos, para luego responder.

—Nada por ahora. No hay nada que pueda comprobar algo diferente a lo que ya sabemos.

Los otros agentes se mofaban por la respuesta que dio. Mientras que Oliver Carrasco los miraba encolerizado.

—No sean infantiles. El novato está dando el reporte de su investigación. No se dé por vencido agente. Estoy seguro de que algo bueno aprenderá de todo esto. Vamos muchachos, el *Sarasi* nos espera. Dejemos al novato trabajar.

Al retirarse Morán con sus subalternos, Carrasco se sentó en uno de los escritorios y sacó la carta que encontró en la residencia de los Almanza.

Su mente lo obligaba a leerla. Presentía que, dentro de ella, podría encontrar algunas respuestas del caso. Tal vez una confesión. La presión pudo más que sus convicciones. No podía perder una pieza importante en la investigación, por seguir sus principios.

La abrió y empezó a leerla. Su rostro cambiaba de manera continua cuando sus ojos repasaban cada renglón de la carta. El asombro se manifestó durante toda la lectura. Al terminar las dos páginas, escritas a puño y letra del padre de Katherine, Carrasco la dobló nuevamente y la guardó en el bolsillo de su pantalón. Le era inevitable ocultar la preocupación e inquietud que le provocaba aquella carta. Incluso... sentía cierto grado de complicidad con el finado.

Sacó un cigarrillo y lo encendió. Aspiró tranquilamente, recostado en su silla reclinable, contando los aros de humo que salían de su boca.

Capítulo 12
La cura

Hogar de la familia Almanza,
12 de marzo de 1978,
10:00 am
Un año atrás

La señora Dianora estaba acostada sobre su cama. Al lado de ella se encontraba Ernest Almanza, su compañero incondicional, enfrentando junto a ella su padecimiento incurable. Un tanque de oxígeno, que estaba al lado izquierdo de la cama, se conectaba a ella a través de un tubo y una mascarilla que cubría su boca. El cáncer de páncreas se había extendido a otros órganos de su cuerpo. El tono amarillento de su piel y sus ojeras pronunciadas, eran signos evidentes de su deterioro acelerado. Los médicos no le daban ningún tipo de esperanza. Apenas si tuvo fuerzas para hablarle a su esposo.

—Ernest... es el momento… de que lo hagas —dijo Dianora, jadeando detrás de la mascarilla.

Ernest, con lágrimas en sus ojos, sacó del bolsillo de su camisa un frasco pequeño y una jeringa. Sus manos le temblaban.

—No tengo el valor de hacerlo…

—Sí puedes —dijo, aspirando oxígeno a través de la mascarilla—. Fueron años de desvelos… y de investigación. Qué puedes perder… conmigo. Mis días están contados. Ya sabes lo que han dicho… los médicos. Hazlo Ernest. Es mi último deseo…y tu más grande sueño.

—El medicamento solo ha sido probado en animales. Las pruebas en humanos aún no las he realizado. No, no puedo, amor. Dejaré que el Señor haga su trabajo.

—Si no lo haces… tu cargo de conciencia será peor… al quedarte con la duda… que tal vez pudo funcionar…

Ernest volvió a tomar valor para cumplir con la última voluntad de su esposa. Extrajo el medicamento del frasco con la jeringuilla. Dianora extendió su brazo derecho, lentamente, para que su esposo procediera con la infiltración.

Aún las manos del químico vacilaban. No fue difícil encontrarle la vena. Los delgados y endebles brazos de Dianora, dejaban aflorar, a simple vista, su sistema circulatorio.

Trataba de no reventarle la delicada vena escogida para inyectar el medicamento. Lo hacía despacio y con delicadeza. Dianora cerró sus ojos, mientras aquel líquido, creado por su propio esposo, viajaba a través de sus vasos sanguíneos.

—Ahora descansa —le dijo, mientras retiraba la aguja—. Pueden pasar unos días antes de ver su efecto.

—Gracias, amor… Confío en ti... Verás que pronto estaré de nuevo… en esa cocina preparando… tu desayuno favorito…

—El Especial Almanza… lo sé. Ya no hables tanto. No te hace bien.

Ambos se miraban el uno al otro, con las manos unidas como adolescentes enamorados.

—Prométeme algo… Ernest. Si algo no saliera bien… quiero que jamás… te sientas culpable. Katherine no tiene… por qué saberlo.

—Te lo prometo. Pero sé que todo saldrá bien. Ahora duerme. Necesitas reposar.

Dianora cerró los ojos aquel día… para no abrirlos jamás.

Ernest vivió una pesadilla perpetua los días después del entierro de su esposa. Se culpaba día y noche por la muerte de Dianora.

Esperó un año para desahogar ese secreto que lo quemaba por dentro. Pensó que era la hora de romper la promesa hecha a ella antes de morir.

Una tarde, alrededor de las cinco, don Ernest llegó hasta la iglesia de la parroquia de San Francisco para hablar con el padre Javier Larrinaga. El sacerdote se preparaba para dar la misa de las seis.

—Pero, ¿qué te pasa, Ernest? Te veo muy agitado —dijo el cura, al verlo llegar sudado y exaltado.

—Padre Larrinaga. Deseo confesarme ante Dios. No puedo más con esta culpa que no me deja vivir…

Capítulo 13
El vigilante

Asilo Santo,
11 de septiembre de 1979,
9:00 pm

Alguien tocó a la puerta del Salón de Enfermería mientras Katherine, desde su escritorio, escribía el reporte del día.

—Está abierta, puede pasar.

Era la madre superiora. Entró con una cara irritada. Un rostro que ella no le conocía aún.

—Enfermera Katherine, necesito hablar con usted de inmediato. Sígame.

La practicante caminó detrás de la superiora hasta su oficina.

—La escucho, madre Fidelina. ¿Me puedo sentar?

—No es necesario. Seré breve. Le recuerdo que existen preceptos establecidos en este asilo. He escuchado que hay cierta resistencia de su parte en cumplirlas.

—Pero…

—Le agradecemos su buena labor con los residentes. Pero de continuar desobedeciendo las reglas, lamentablemente, tendré que hablar con su Facultad para que la trasladen a otra institución.

—Con su permiso, quiero explicarle….

—Era todo lo que quería decirle, enfermera Katherine —la interrumpió enérgica, y con un enojo palpable—. Me hace el favor de salir y cerrar la puerta. Gracias.

El silencio de Katherine admitió su falta. Antes de salir, miró el teléfono celeste sobre el escritorio de la superiora.

—Una consulta antes de retirarme. Quisiera saber si es posible que mañana pueda hacer una llamada a la ciudad —consultó Katherine.

—Siento decirle que desde ayer tenemos problemas con la línea. Los técnicos más cercanos están en Penonomé y no creo que suban en estos días de lluvia. ¿Era urgente?

—Deseaba llamar al agente Carrasco.

—Es una lástima. Estaremos incomunicados por varios días hasta que merme el invierno. Otra cosa, enfermera. Quisiera solicitarle una última petición. Con respecto a su relación con nuestros residentes, trate de que solo sea de carácter médico. Socializar mucho con ellos, les crea cierto grado de apego. Sobre todo, cuando se trata de personal temporal como usted. Recuerde que están seniles y muchos son como niños. Ese tipo de afectos.... déjelo para nosotras.

—Entiendo, superiora. Pero estos pobres ancianos están faltos de...

En ese momento se escuchó sonar el timbre del teléfono celeste tres veces. Katherine observó que la hermana Fidelina no tomaba la llamada. A la mitad del cuarto timbre, la superiora lo descolgó lentamente y puso boca abajo el auricular del aparato. Su reacción fue mecánica. Todo esto lo hizo sin quitarle la mirada a Katherine.

—Que tenga buenas noches. Recuerde cerrar la puerta antes de salir —la despidió, con la frialdad de un glaciar.

Katherine salió sin aliento. Se recostó a la puerta de la dirección y miró de un lado a otro, a través del pasillo, como si su mente demandara a gritos: ¡Es hora de que te largues de aquí!

Se quitó el gorro de enfermera y lo estrujó en sus manos tratando de contener su rabia por obligarse a permanecer en el asilo. Tenía un cúmulo de lágrimas apostadas en sus ojos. Controló su exasperación para luego correr hasta su cuarto.

Como se sentía turbada, no alcanzó a ver a Fátima, oculta detrás de una de las pilastras contiguas al despacho de la superiora, desde donde logró escuchar toda la reprimenda recibida por la enfermera.

Dentro de la dirección, la madre superiora colocaba el auricular en su oído.

—Asilo Santo, muy buenas noches.

Escuchaba atenta al teléfono.

—Ya le he dicho varias veces que a su hermana no la hemos vuelto a ver desde que salió de aquí. Le prometo que cualquier cosa que sepamos de ella, le llamaré de inmediato. Que pase buenas noches, señorita Ríos.

En su cuarto, Katherine se tomó dos pastillas antes de dormir. La dosis máxima era una. Buscaba a toda costa conciliar el sueño. Y lo logró.

Los días transcurrieron para la joven estudiante de enfermería, dentro del apartado albergue en el corazón de las frías cordilleras de El Valle de Antón. Las pastillas que lograban aturdirla sobre su almohada, se le agotaron. Era esclava de los desvelos. Temía cerrar sus ojos por largo tiempo, y enfrentar nuevamente a las sobrecogedoras manifestaciones nocturnas. Evitó visitar los lugares prohibidos, razón por la cual su mente se despegó un poco de aquellos pensamientos que la desconcertaban.

Una mañana, casi rozando las doce del mediodía, ella entró al último cuarto de los residentes, terminando su jornada diurna.

Mientras algunos ancianos preferían estar en las áreas de descanso y entretenimiento, otros optaban por estar sobre sus camas leyendo el calendario Bristol o la revista Lotería. Pero uno de ellos, Arturo Sarmiento, se mantenía asomado a la ventana. Al igual que la última vez que lo conoció, en silencio.

Katherine se le aproximó con serenidad, tratando de que él no se sintiera asediado ante su presencia. No sabía si hablarle o no interrumpir su guardia. Al final, tomó valor para hacerlo.

—¿Me recuerda? Nos vimos una tarde. Yo estaba con la señora Amanda.

Arturo volteó su mirada hacia ella y luego la regresó a los cristales de la ventana.

—Yo te vi desde el día que llegaste acompañada del hijo de Herminia. Ella fue una de las pocas en salir del asilo... al menos muerta. Desde 1972, observo por dieciocho horas ininterrumpidas, a través de las ventanas del Asilo Santo, quiénes entran y quiénes salen.

Su voz era muy sonora; tanto que con la primera palabra asustó a la enfermera.

—Son más los que entran… que los que salen.

—No comprendo lo que me quiere decir, don Arturo. ¿A qué se refiere?

—¡Vete cuanto antes del Asilo Santo! Este lugar no es lo que todos creen. Alberga a vivos, también a muertos.

—¿Cómo está tan seguro?

—Tengo escrito en un cuaderno una lista de los que hemos entrado al asilo desde el 72 y todos los que han muerto. Jamás ha llegado un carro de la morgue a buscarlos. Ni menos de la fiscalía.

—¿Quiere decir que a los residentes que fallecen no los entierran fuera de aquí?

—Nunca nos avisan quién muere. Y dudo que afuera lo sepan. Al final, ¿a quiénes les importamos? A ver, ¿dónde está el historiador?

—¿Habla de don Aquiles?

—Escuché que murió anoche. Tenía un tumor en el cerebro. ¿Sabes por qué no te han llevado a conocer el lado oeste del asilo? Porque hay… un cementerio.

—¿De qué cementerio me está hablando?

—Creo que ahí entierran a todos los residentes que mueren en este asilo. Donde también fue enterrado don Carlo Do Santo y su esposa. Pero estoy seguro de que ese lugar esconde algo más.

—¿Qué, don Arturo?

—No lo sé, joven. Pero lo presiento. Es mejor que continúes con tus visitas. No tardará la hermana Fátima en venir. Solo te doy un último consejo. Si algo muy fuerte te trajo hasta aquí, es mejor que hagas lo que tengas que hacer lo más pronto. Lo veo en tus ojos, niña. No viniste aquí solo a ponernos termómetros en la boca o inyecciones en el culo. Estás por un motivo mucho más poderoso. Esta misma noche, tienes que descubrirlo. Además, habrá buena luz. Va a ser luna llena.

—No sé de qué me está hablando, don Arturo.

—Lo sabes. Ya vete. Tengo que seguir mi vigilancia.

Katherine abandonó con prisa la habitación. Las palabras de don Arturo dejaron más revueltos sus pensamientos.

Cayeron las diez de la noche sin que la tormenta cesara sobre las montañas de El Valle de Antón. Rabiosas ráfagas entraban a través de la ventana de la habitación de Katherine. Con la tristeza colgada en su rostro, se preparaba para dormir. Se sentía derrotada. Su llegada al Asilo Santo había sido en vano, pensó. No había logrado encontrar las respuestas que buscaba a través del mensajero de las almas. También pensaba en aquellos niños, que suplicaban ser salvados.

Alguien tocó a la puerta. Imaginó que podría ser doña Amanda. La invitó a pasar con desgano. Para sorpresa, la persona frente a su puerta era la hermana Fátima.

—¿A qué viene? ¿A espiarme para ver si cumplo las reglas y ponerle la queja a la superiora? Ya no me importa nada de lo que quiera decirme.

—No fui yo, Katherine. Ha sido la hermana Miriam la que te ha estado acusando ante la madre Fidelina.

La practicante bajó la guardia, desamarrando su rostro de fastidio.

¿Podemos pasar? —preguntó la hermana Fátima, mostrando una postura serena y tolerante, muy diferente a su severidad acostumbrada.

—¿Podemos? ¿No entiendo?

Detrás de la misionera indígena apareció doña Amanda.

Katherine quedó sorprendida ante la presencia de ambas.

—Hemos venido a buscarte, Katherine —afirmó doña Amanda.

La enfermera aún no salía del asombro cuando la religiosa cerró la puerta y doña Amanda le tomó las manos para controlar su asombro.

—No te irás del asilo sin cumplir tu misión, niña —advirtió la anciana.

—Con todas esas prohibiciones de este lugar, no podré hacerlo.

Katherine volteó hacia la monja.

—¿Qué esconde el Asilo Santo, hermana Fátima? ¡Dígame! ¿Qué misterios hay dentro y fuera de estas paredes?

—Mamá y yo te ayudaremos a que puedas comunicarte con tu padre —intervino Fátima.

Katherine fijó su mirada en los ojos de doña Amanda.

—Calma, Katherine. Mi hija Magdalena ya lo sabe todo. No te preocupes.

—¿Magdalena?

—Ese era mi nombre antes de ser monja —le aclaró Fátima.

—¿Y por qué decidió venir a este asilo?

—Por mi hija Virginia.

—No entiendo nada. ¿Qué ocurre? —la incertidumbre cubría a la enfermera practicante.

—Katherine, uno de los niños desaparecidos era mi nieta Virginia —le confesó la anciana con voz temblorosa—. Fátima, es mi hija. Esa fue la razón que me trajo a este asilo. Por ella estoy aquí. Pero nadie lo sabe. Ni deben saberlo. La madre Fidelina prohíbe que las monjas alberguen a familiares en este lugar.

Katherine parecía no salir del asombro ante tal revelación. Mantuvo su boca abierta por algunos segundos.

Fátima tomó valor para desahogar su oculto pasado.

—Siempre me he sentido culpable de su desaparición. Es la razón por la que entregué mi vida al Señor. Pero ahora, creo que ya es momento de no estar culpando a todo el mundo de mis errores pasados. Y lo digo por ti, Katherine, y por muchas que han ocupado tu puesto. Volqué en otros la rabia que he sentido por mí misma. Perdóname por no haberte dado antes la oportunidad de cumplir la promesa de encontrar la verdad sobre tu padre. He venido a tu cuarto para ayudarte y reparar mi error. Así como también quiero reparar el que cometí hace nueve años, por estas montañas.

—¿Cómo ocurrió? —indagó Katherine.

Fátima bajó la cabeza, apenada.

—Yo lo contaré —intervino doña Amanda—. La vida pasada de Fátima no era de la más inmaculada. Entraba a las cantinas del pueblo todas las noches, dejando a su pequeña sola en la casa. Al regresar de una de esas noches de borrachera, Virginia no estaba. Magdalena caminó kilómetros buscándola y gritando su nombre como una loca desesperada. Nunca la encontró. Todos decían que la Tulivieja se la había llevado por no haber estado bautizada. Así como a los demás niños. Tú sabes, leyendas de estas campiñas. Por el dolor y el remordimiento quiso ser monja, esperando que su labor como sierva de Dios fuera la forma de saldar ese error que ha llevado a cuestas todos estos años. La he escuchado llorar tantas noches en su cuarto; ha vivido para herirse mediante el remordimiento de sus pecados.

—Además, Katherine, algo me dice que mi hija Virginia está aquí —afirmó la monja.

—¿Por qué cree eso?

—Siento su presencia. A veces creo que escogió el Asilo Santo como su refugio, o para estar cerca de mí —afirmó Fátima, levantando nuevamente su cabeza.

—No. Ellos no quieren estar aquí, hermana. Me lo dijeron —la contradijo Katherine de inmediato.

Ahora fueron las dos mujeres las que la miraron con creciente asombro.

—Como lo oyen. Ellos se manifestaron dentro de mi habitación. Quieren ser sacados de este lugar. Tienen miedo. Pero alguien los intimida. Tiene que haber algo que nos lleve hacia ellos.

—No me digas que ves...

—Sí, hermana Fátima. He visto los espíritus de los niños.

La anciana la tomó de las manos.

—¡Sabía que tu llegada a este lugar era obra de Dios! —y al decir eso unió las manos de Katherine con las de su hija Magdalena.

—Hija, llévala donde Oliverio. Ella tiene que cumplir su principal misión, lo que la trajo aquí.

—No. Quiero primero bajar al sótano— sostuvo Katherine—. Algo me dice que detrás de esa puerta negra están nuestras respuestas.

—¿Estás segura?

—Sí, hermana Fátima. Pero necesitamos tener esa llave. La que guarda la madre superiora.

Fátima sacó algo que colgaba de su cuello, oculto detrás de su hábito. Abrió su mano y dejó al descubierto dos llaves anudadas a un cordel.

—No me diga que…

—No creas que eres la única que rompe las reglas en este lugar, Katherine —le respondió la religiosa, levantando una ceja y sonriendo.

—Sales a tu madre, Magdalena —dijo doña Amanda, sonriendo con picardía — Pero, vayan, no pueden perder tiempo. Tengan mucho cuidado.

La anciana las despidió, dándoles la bendición.

Ambas bajaron, cautelosas, por las escaleras hasta llegar al sótano. Fátima encendió la luz del pasillo. El parpadeo perenne dificultaba su visión. Caminaron hasta llegar a la puerta negra de hierro. Katherine probó con la primera llave y no abrió. Cuando insertó la otra, las luces se apagaron. Fátima se persignó en la oscuridad y empezó a rezar el Padre Nuestro.

En segundos, la claridad tenue volvió a iluminar el pasadizo. Esta vez, Fátima logró girar la palanca. Al abrir la puerta no lograron ver en la absoluta oscuridad reinante, pero un olor fétido les hizo dar un paso atrás. Olía a carne descompuesta y un chillido de ratas se multiplicó enseguida. A tientas, a punto de perder el sentido ante semejante ambiente, Katherine encontró el interruptor de la luz y la encendió. La monja cerró la puerta, evitando hacer ruido.

Lo que vieron ante sus ojos era una escena escalofriante. Varias mesas largas de metal, colocadas una al lado de la otra, mostraban huellas de sangre seca y, sobre ellas, unas correas de cuero que parecían servir como amarras para pacientes psiquiátricos en descontrol. De las paredes mugrientas se alzaban nubes de moscas asustadas por la repentina iluminación. Podría decirse que en ese lugar alguien hacía algún tipo de experimentos, porque además se apilaban frascos vacíos de medicamentos y jeringas ya usadas.

Katherine y la religiosa no sabían hasta qué punto podían resistir ese macabro espectáculo. Sus manos no eran suficientes para impedirles respirar el nauseabundo aire de esa cloaca. Lo único que tenían claro es que aquel era un sitio de sufrimiento, dolor y muerte.

A Katherine le pareció ver tres muñecas harapientas, ocultas entre unos tanques de basura repletos de trapos, gasas y guantes ensangrentados.

—¡Santo Dios! ¿Qué es esto?

—No debemos estar aquí, Katherine. No soporto más, ¡salgamos!

—Por eso está prohibido venir al sótano. Esto es lo que se ha estado ocultando.

—Te puedo jurar que no sabía nada de esto —afirmó la religiosa.

Katherine cerró sus ojos unos segundos. Veía en su mente a unos niños y los escuchaba gritar suplicando ser desatados de aquellas correas que los ataban a las mesas. Luego los abrió. Brotaron lágrimas de ellos.

—Siento como si estuviera dentro de esta sala, años atrás. Hay una sensación extraña.

—¿Estás segura de que quieres seguir aquí?

—Es tarde para echarnos para atrás. Mire al fondo. Parece que hay otra puerta —le indicó con el dedo a la hermana.

Caminaron juntas hasta el final de la sala. La otra llave les franqueó el paso. Era una salida que llevaba al área oeste del caserón. Frente a ellos se alzaba un lugar amurallado y un portón de hierro. El frío que se sintió afuera obligó a que Katherine soplara sobre las palmas de ambas manos. Era noche de luna llena como le aseguró don Arturo, así que todo el paraje se veía iluminado luego de cesar la tormenta.

Entraron al recinto amurallado y vieron una serie de lápidas colocadas sobre el terreno. Era difícil calcular su número. En ese momento empezaron a aparecer aquellas imágenes que Katherine vio en su cuarto, noches atrás. Pequeñas formas de niños, caminando en fila, como si fuera una procesión de la muerte.

Las dos miraban atónitas la manifestación espectral. La hermana le tomó una de las manos a la practicante, aterrada ante tal aparición. Se persignó dos veces.

Las figuras espectrales caminaban hacia el fondo del panteón.

—Tenemos que seguirlos, hermana. Creo que nos quieren mostrar algo.

Fátima se santiguaba una y otra vez. Atravesaron gran parte del terreno, hasta llegar a un solar rodeado de árboles.

Los pequeños cuerpos fantasmales flotaban en el aire a ras del suelo, y se posaron sobre la superficie baldía. Las dos mujeres lograron descifrar el mensaje enseguida.

—*Sáquennos de aquí... Sáquennos de aquí. Él no quiere que nos encuentren* —suplicaron al unísono, como si fuera un grupo coral infantil.

Los espectros se desvanecieron al instante. Como si algo los hubiera espantado.

Entretanto, en el interior del asilo, doña Amanda se había dirigido a su habitación. Pero antes de entrar, se percató de que la puerta del cuarto de don Oliverio se encontraba abierta. Su curiosidad la indujo a averiguar la razón. Al asomarse, vio la cama del cantor vacía, pero su silla de ruedas se mantenía al pie de la cama. A doña Amanda le pareció muy extraño y salió del cuarto tan pronto pudo.

En el pasillo, escuchó que alguien tocaba, desde afuera, el portón de la entrada al asilo. Sabiendo que nadie iría a abrir a esa hora, ella misma lo hizo. Frente a sus ojos parecía haberse materializado una aparición divina.

—¡Pa- pa- padre Pereira!

El silencio de la medianoche se quebraba con la canción "Historia de un amor", en un tono insidioso y aterrador. Katherine y Fátima la escuchaban con desconcierto, dentro de la posada de los muertos.

—*Es la historia de un amor, como no hay otro igual. Que me hizo comprender todo el bien, todo el mal. Que le dio luz a mi vida, apagándola después… Ay, qué vida tan obscura sin tu amor no viviré…*

Ambas mujeres se sentían paralizadas ante aquel canto que se les aproximaba, haciendo crujir pisadas sobre las ramas en el suelo, como si un depredador nocturno rastreara a su presa.

Dieron pasos a ciegas hacia atrás, tratando de no darle la espalda a lo que las acechaba. La melodía, parecía ser el indicador de qué tan cerca se encontraba su intérprete, quien la cantaba con una clara perversidad.

—*Siempre fuiste la razón de mi existir. Adorarte para mí fue religión. En tus besos yo encontraba, el calor que me brindaba, el amor y la pasión…*

Katherine y Fátima se ocultaron detrás de un árbol, tomadas de las manos, hasta que el canto cesó.

Una fría ventisca sacudió la maleza que bordeaba el cementerio. El ruidoso sonido que producía la ahogada respiración del visitante, provocaba más pánico en las intrusas.

—Te dije que te largaras, Katherine Almanza... —habló el asediador, con una voz altisonante y siniestra, mientras la buscaba—. Tuviste tiempo para hacerlo.

—¡No me fui por ellos! ¡Por los niños!

—¡Ah, claro! Imagino que mis niños traviesos no te dejaron dormir pidiéndote que los sacaras de aquí, al igual que lo hicieron con las otras intrusas.

El marcado acento brasileño de aquella voz le dejaba claro de quién se trataba, pero la enfermera se mantenía quieta, al igual que la religiosa, escuchando cada palabra.

—Ninguno de estos niños saldrá de aquí. Ellos son los hijos que siempre quiso mi esposa Gloriana. Aquí descansan con nosotros. Pero tú viniste al Asilo Santo para llevártelos.

Algo caminó por las piernas de Katherine y se alojó por debajo de su vestido. Un insecto tal vez. Se sacudió con desesperación, obligándola a moverse del escondite. En un abrir y cerrar de ojos, estaba cara a cara ante el hostigador.

Fátima también salió de las sombras del frondoso árbol. No podían creer lo que tenían ante sus ojos. De pie, con el cuerpo erguido, se veía a don Oliverio. Su cara tenía un aspecto diabólico. Las pupilas ahora eran negras y se escondían en la profundidad de sus cuencas.

—¡Usted es solo un intruso dentro del cuerpo de un indefenso y ciego anciano! —lo enfrentó la religiosa con entereza—. ¡Déjelo en paz... don Carlo Do Santo!

—¡No sacarán a mis niños de este lugar! Gloriana lo quería así. Una casa grande llena de ellos corriendo por los pasillos y por este inmenso patio. Ahora están durmiendo a nuestro lado. ¡Y ustedes no lo van a impedir!

—¡No son tus hijos, Do Santo!

Un grito inesperado provino de los árboles que custodiaban el campo de muerte.

Un hombre blanco y delgado, vestido con un ropaje rasgado, y apuntando con una escopeta, apareció de manera sorpresiva.

Katherine lo reconoció de inmediato. Era el mismo hombre que vio camino al asilo, en la carretera, el día de su llegada.

—Eres tú… Hilario Carvajal Jaén —dijo Do Santo—. Mi fiel colaborador. Tú ayudaste a que estos niños encontraran el sueño profundo y eterno, ¿lo olvidaste? Incluso uno de ellos, en su desesperación, mordió tu oreja izquierda.

Katherine y Fátima sentían que en cualquier momento se desvanecerían, ante la escena escalofriante.

—¡No le haga daño a estas personas como lo ha hecho con todos esos pequeños inocentes que yacen enterrados bajo nosotros! ¡Usted mató a cada uno de esos niños, inyectándoles esos malditos venenos!

Fátima cerró sus puños con rabia, y sus ojos mostraron dolor al recordar la muerte de su hija. Katherine la contuvo antes de que cometiera una locura inesperada que la pusiera en peligro.

—¿Quién me trajo a cada uno de esos niños, Hilario? —prosiguió hablando el espíritu de Do Santo, dentro del cuerpo de don Oliverio—. ¿Quién los raptó, uno a uno, en medio de estas montañas frías como la sangre que fluye por tus venas? ¿La Tulivieja? ¿Los duendes? Jamás te remordió la conciencia cuando bajabas al pueblo y veías cómo esas madres angustiadas lloraban por sus hijos perdidos.

—¡Usted me obligó!

—Ah, claro. Ahora recuerdo. Me rogaste que guardara tu secreto sobre la vida oculta que tenías como violador y sátiro. Mi silencio era nuestro acuerdo. Parece que el esconderte todos estos años, entre las montañas, te ha borrado la memoria.

—¡Cállese! —ordenó, con lágrimas en sus ojos, mientras sostenía el arma en su mano.

—¿Piensas hacerme daño con esa arma? Ya estoy muerto. Matarías más bien al viejo Oliverio.

—¡Deje libre a estos pequeños! ¡No quiero morir con ese cargo de conciencia!

—¡Mis niños permanecerán aquí! ¡Mi adorada Gloriana así lo quiere, y así se hará!

—¡No le dispares Hilario! —exclamó la hermana Fátima—. Él es solo un espíritu maligno dentro de un cuerpo inocente.

Fátima logró persuadirlo de no hacerlo, y lentamente le quitó el arma.

En ese mismo momento, de forma sorpresiva, ambas mujeres recibieron un fuerte golpe en la cabeza. Fátima y Katherine cayeron al suelo perdiendo el conocimiento. Detrás de ellas aparecieron la hermana Miriam y la madre Fidelina, sosteniendo las palas que habían usado para golpearlas.

—La fosa está lista para ellas, señor Do Santo —manifestó la hermana Miriam, a la espera de las órdenes del espíritu de don Carlo.

—¡Maldito loco enfermo! —gritó Hilario abalanzándose sobre él.

Mientras lo tomaba por el cuello, el antiguo colaborador y cómplice, sintió que un filo punzante traspasó su espalda. El dolor fue tal, que sus manos fueron disminuyendo la presión que ejercían sobre la entidad maligna, con el propósito de estrangularla.

Hilario Carvajal cayó a los pies de su agresora. Sus ojos aún estaban abiertos, observando cómo la madre superiora sostenía el puñal que lo ultimó a traición. Sus párpados fueron cerrándose lentamente, hasta que su cabeza dio un giro inerte sobre el lado izquierdo de su hombro, como muestra del deceso.

—Ya saben qué hacer con esos cuerpos.

—Claro señor Do Santo —respondió la superiora, revelando su complicidad ante los vejámenes cometidos en aquel lugar.

Ambas religiosas soltaron las palas para arrastrar los cuerpos hacia un profundo hoyo cavado por ellas días atrás. Lanzaron primero el de Hilario Carvajal y, después, los de Fátima y Katherine, quienes seguían inconscientes.

—Echen tierra sobre ellos —ordenó Do Santo.

Las monjas empezaron a arrojar el barro sobre los tres cuerpos. Seguían al pie de la letra cada ordenanza que recibían de su jerarca.

Katherine recobró el conocimiento al sentirse arropada por la tierra húmeda. Ya estaba cubierto gran parte de su cuerpo. Fue testigo, con sus propios ojos, de quiénes iban a ser las ejecutoras de su muerte. La hermana Fátima también recuperó la conciencia. Las dos se percataron de que serían sepultadas vivas.

—¡No lo haga, madre Fidelina! —gritó Fátima desde el fondo de la fosa, con su rostro prácticamente cubierto por la tierra.

—¡Hermana Miriam! ¡Piedad! —rogó Katherine, mientras el barro caía dentro de su boca.

Solo sus manos parecían mantenerse fuera de la superficie, clamando indulgencia.

Pero, al momento en que les iban a lanzar la última palada de tierra que las sepultaría por completo, unas voces, que parecían venir de la entrada del cementerio, interrumpieron el ajusticiamiento final.

—*Crux Sancti Patris Benedicti.*

Se escuchó la voz de un sacerdote hablando en latín. Era la del padre Pereira, que se acercaba leyendo la oración de San Benito, eficaz contra demonios y malos espíritus. A su lado, venía doña Amanda, repitiendo el rezo en español.

—Cruz del Santo Padre Benito —dijo la anciana sosteniendo una Biblia en sus manos.

—*Crux Sacra Sit Míhi Lux* —continuó el cura.

—Mi luz sea la Cruz Santa.

—*Non Dráco Sit Míhi Dux.*

—No sea el demonio mi guía.

—*Váde Rétro Sátana!*

—¡Apártate, Satanás!

El cuerpo de don Oliverio cayó al suelo. Se revolcaba sobre la tierra húmeda y fría. Sus brazos y piernas se retorcían como una cucaracha patas arriba.

El cura colocó una de sus rodillas sobre el torso de don Oliverio.

—*Númquam Suáde Míbi Vana* —continuó el padre Pereira, poniéndole un crucifijo en la frente. De los ojos y la boca de don Oliverio, empezó a emerger sangre negra al sentir el poder del instrumento sagrado.

—¡Los niños! ¡No pueden llevarse a mis niños! ¡Tengo que protegerlos! —gritó con desesperación el espíritu de Do Santo. Como si aquel poderío que emanaba de la oración y la cruz lo arrancara de la profundidad de las entrañas del cuerpo decadente del anciano.

La hermana Miriam permanecía inmóvil ante la presencia del ataque hacia su patrono. La madre Fidelina no podía disimular su ira, ante la intervención inoportuna del sacerdote.

—No sugieras cosas vanas —continuó el rezo, doña Amanda, al igual que el sacerdote.

—*Sunt Mála Quaë Lébas.*

—Pues maldad es lo que brindas.

La superiora no contuvo más su rabia, y se lanzó encima del padre Pereira, por la espalda, al igual que lo hizo con Hilario Carvajal. El padre cayó boca abajo mordiendo el lodo. La monja levantó el puñal, con ambas manos, como si estuviera ante un ritual de sacrificio.

—¡Es hora de que se encuentre con su Dios, padre Pereira! —gritó con furia, en defensa de su protegido Carlo Do Santo.

Al momento en que iba a enterrar el filo del arma de muerte, sobre el dorso del sacerdote, la agresora recibió un disparo en su hombro derecho haciéndola caer al suelo.

El impacto solo la dejó inconsciente.

Doña Amanda sostenía en sus manos la escopeta que había dejado caer su hija al recibir el golpe en la cabeza.

—¡No te metas con el padre Pereira! ¡Asesina y farsante de mierda!

El sacerdote la observaba asombrado por la forma certera que dio el tiro.

Ella sonrió.

—Fui muy buena cazadora cuando joven. Termine su trabajo padre.

Miriam se arrodilló frente a los dos, suplicando su perdón, mientras la anciana le apuntaba con el arma.

—*Ipse Venena Bibas* —prosiguió el sacerdote.

—¡Bebe tú mismo el veneno! —finalizó doña Amanda, con esas palabras.

El agotamiento de ambos se podía notar en el sudor que corría por sus frentes.

El cuerpo rendido de don Oliverio, reposaba sobre el suelo. Su semblante habitual había regresado a su rostro. Abrió sus ojos blancos.

—Está liberado. En el nombre del Padre, del Hijo y del Espíritu Santo —culminó el sacerdote, dándole la señal de la cruz en su frente—. Ya todo pasó, don Oliverio. No se preocupe, estará bien.

Fátima y Katherine lograron sacar sus cabezas del barro que las cubría. A pesar de estar algo desorientadas, pudieron levantarse por sí solas.

El padre Pereira encontró una escalera de madera y las ayudó a salir del hoyo.

—¡Padre Pereira! —exclamó la hermana Fátima, con lágrimas en sus ojos, mientras abrazaba al sacerdote —. Gracias por estar aquí.

—Algo me dijo que tenía que venir lo más pronto posible. No lo sé. Fue extraño. Anoche tuve más que un presentimiento. Como si hubiera escuchado la voz de una niña en mis oídos.

—*Virginia… fuiste tú* —habló Fátima consigo misma, en voz baja.

Doña Amanda la tomó del brazo y le dijo algo en secreto.

—Claro que fue ella… ahora descansará en paz.

—Por ahora, debemos llevar a don Oliverio adentro del asilo. No se ve muy bien —apresuró el padre Pereira—. Hace mucho frío acá afuera. Hay que llamar a una ambulancia y a la Policía, de inmediato.

—Yo los llamaré, padre. Y atenderé a don Oliverio hasta que lleguen.

—Gracias, Katherine.

—Solo una pregunta, padre Pereira —consultó Katherine—. ¿Por qué don Oliverio? ¿Por qué el espíritu de Do Santo lo escogió a él?

—Las personas con dones especiales, como los que él posee, están expuestas a estos fenómenos ya que tienen vínculos con seres del más allá.

—¿Y ese espíritu volverá?

—Roguemos que no, Katherine.

La practicante no pudo esconder su preocupación por las palabras del sacerdote. La dejó pensativa.

—¿Estás bien Katherine? —preguntó doña Amanda.

—No se preocupe. Solo tengo un fuerte dolor de cabeza y mucha tierra entre mis dientes.

—Igual yo, mamá —dijo Fátima, retirando el barro que cubría su hábito.

—¿Y qué hacemos con estas hijas del demonio? —consultó doña Amanda, refiriéndose a Miriam que todavía se mantenía arrodillada y a la madre Fidelina que aún estaba tendida en el suelo.

—Conozco un buen lugar donde pueden esperar hasta que vengan las autoridades —dijo la hermana Fátima, mostrando las llaves del sótano.

Al amanecer, toda el área del Asilo Santo había sido acordonada por los agentes del DENI. Una ambulancia del Hospital de Penonomé aguardaba frente al asilo. Los moradores curiosos se mantenían detrás de las unidades de la Guardia Nacional, quienes custodiaban el perímetro.

Varios pueblerinos se ofrecieron a formar parte del equipo voluntario de excavación, en búsqueda de los cuerpos enterrados en el asilo.

El anciano Oliverio Villamonte se encontraba en una camilla, dentro de la ambulancia. Katherine quiso verlo antes de que fuera llevado al hospital.

Don Oliverio se mostró agradecido por la visita de la practicante. Él le agarró una de sus manos y se la puso en el pecho.

—Sé que viniste al Asilo Santo por mí, Katherine —dijo el anciano, con su brazo canalizado—. Es una lástima que no haya podido ayudarte.

—Pierda cuidado, don Oliverio. Lo importante, ahora, es que se recupere pronto.

—Estaré bien. Ya me tendrán de vuelta molestándolos con la misma canción de todos los días. Espero que no te vayas. El asilo necesita de ti.

—Gracias. Pero ya habrá tiempo para hablar sobre eso.

Don Oliverio se aferró a las manos de Katherine. No quería que se apartara de su lado.

—Adiós, Katherine. Siento en ti un don muy especial. Quizás no sabes que lo posees.

—¿De qué don habla?

—De ver a los espíritus. Sin ese don, no hubieras podido salvar el alma de esos niños.

Ella se quedó en silencio y lo arropó hasta el pecho con la sábana.

—Aquí lo estaré esperando… mi mensajero de las almas.

Él le sonreía mientras ella se bajaba de la ambulancia. El anciano le dijo unas palabras que ella no esperaba escuchar.

—Solo quiero que seas feliz, Coco. Tu madre y yo cuidaremos de ti.

Al momento de voltearse hacia él, los paramédicos cerraron la puerta trasera del vehículo. Encendieron la sirena y partieron rumbo al hospital.

Katherine veía cómo se perdía la ambulancia, a través del camino. No pudo evitar llorar, a la vez que sonreía emocionada por lo que había escuchado de los labios del anciano. Esas simples palabras fueron suficientes para recibir consuelo en su alma.

El capitán Morán, y los agentes Maldonado y Carrasco interrogaron a cada uno de los internos y a las religiosas del albergue. La hermana Miriam y la madre superiora, Fidelina, fueron puestas a órdenes de las autoridades para investigarlas.

Katherine, la hermana Fátima y la señora Amanda no hablaron de lo que exactamente las había llevado a encontrar las fosas comunes de los niños. Mantuvieron en secreto los sucesos paranormales ocurridos esa noche. Había suficientes evidencias que inculpaban a Miriam y la madre superiora, quienes a su vez dijeron actuar bajo las órdenes de un difunto. Carlo Do Santo.

Katherine se mantenía pensativa, sentada sobre el colchón de su habitación.

Luego, escuchó que alguien tocó a su puerta.

—Puede entrar, está abierta.

Era el agente novato, Oliver Carrasco, quien entró y se colocó a su lado.

—Me siento culpable. Si no le hubiera hablado ese día del tal mensajero de las almas, nada de esto le hubiera ocurrido.

—Al contrario, se lo agradezco. No me arrepiento de haber llegado a este asilo. Valió la pena por esos niños. Estos pobres ancianos ahora no vivirán rodeados por el miedo. Serán libres y felices en un albergue que les dará el cariño y las atenciones que se merecen, y que nadie allá afuera les ha dado, ni les dará jamás.

—Tiene razón. La hermana Fátima y las otras monjas se ofrecieron para encargarse del Asilo Santo después que terminemos de revisar y obtener todas las pruebas de la investigación. Ellas hablarán con algunas iglesias de la provincia para que les brinden albergue temporal a los ancianos. Y usted, ¿logró encontrar lo que buscaba?

—No exactamente. Pero, en realidad, ya no importa. Como una vez me dijo el cura de mi parroquia: *"Es mejor no escarbar secretos que hayan podido llevarse los muertos a su tumba"*. Y creo que es mejor no seguir cavando.

—Es lo que su corazón le ordenó. Por mi parte, cumplí con seguir investigando el caso de su padre.

—¿Encontró algo?

Carrasco intentaba sacar la carta del bolsillo trasero de su pantalón, pero se retractó. Y la volvió a meter con disimulo.

—Nada. Lamentablemente, nada.

—Prefiero que ya no investigue más. Solo me quedaré con los buenos recuerdos de mi padre… y mi madre, que están en el cielo.

—Así se habla señorita Katherine. Vamos, hay un auto que espera por usted para regresarla a la ciudad.

—Me voy a quedar a ayudar a las hermanas, agente Carrasco. Ya hablaré con la universidad para que no suspendan mi práctica profesional. No puedo abandonarlas y menos ahora.

—¿Está segura?

—Completamente. Estaré bien.

—Será una gran enfermera, Katherine. Su vocación es innegable. Bueno, creo que es mejor que siga con mi trabajo. Hay mucho que investigar aún en este caso. Estaré afuera para cualquier cosa que necesite.

Katherine lo tomó de las manos. Él quedó pasmado ante el inesperado gesto.

—Gracias por traerme aquí y hacerme ver que es más importante preocuparnos por los que están vivos, que por los que ya no están. El Asilo Santo ha sido una lección de vida para mí. Cuando termine la práctica y regrese a la ciudad, sería bueno volver a tomarnos otro café, ¿no cree? Tengo mucho que contarle.

—O tal vez una cena, Katherine.

—Así será, Oliver. Buena suerte. Y gracias por lo que hiciste por mí.

Ambos mantuvieron sus manos fundidas, una con la otra, unos minutos más, antes de que él se retirara.

Mientras Carrasco se dirigía al área de excavación, se encontró en el pasillo con la hermana Fátima caminando a paso apresurado.

—Bendición, hermana.

—*Que Deus te abençoe filho* —le respondió la religiosa en portugués, acompañada de una maliciosa sonrisa en sus labios.

El agente frunció el ceño extrañado por el acento con que la monja le devolvió la petición, pero en segundos se desentendió y continuó su marcha.

Después de una excavación ininterrumpida, fueron halladas, dentro de varias fosas comunes, quince osamentas de niños. El DENI pudo reconocer que pertenecían a los pequeños desaparecidos entre junio y diciembre de 1970.

También fueron desenterrados tres cuerpos más, pertenecientes a mujeres… vestidas de enfermeras.

Poco antes de que una de las fosas fuera rellenada nuevamente con tierra, Carrasco ordenó que esperaran hasta que él lanzara, dentro de ella, la carta que guardaba en el bolsillo trasero de su pantalón.

Mostraba un rostro de satisfacción al verla en el fondo del hoyo.

—Ahora sí, señores. Ya pueden echarle tierra.

Días después, los niños hallados recibieron cristiana sepultura en el Cementerio Municipal de Antón.

Después de meses de investigación exhaustiva sobre el caso del asilo, se descubrió que don Carlo Do Santo realmente respondía al nombre de Hans Oberheuser; un químico nazi, ex miembro del Tercer Reich, buscado por crímenes de guerra. Logró esconderse varios años en Brasil y llegó a tierras panameñas, en la década del cuarenta, acompañado de su esposa Gloriana Márquez Andrión. Los investigadores forenses pudieron comprobar que a los niños asesinados en el asilo, les encontraron grandes cantidades de químicos letales en sus huesos; venenos mortíferos tales como el arsénico, el cianuro, el polonio 210 y uno de los más letales, el talio.

La madre Fidelina, cuyo nombre real era Genoveva Santillana, confesó ser partícipe de los horrendos homicidios que se dieron en el Asilo Santo, incluyendo la muerte de Hilario Carvajal Jaén, y del intento de homicidio de Katherine Almanza y Magdalena Rodríguez. Fue sentenciada a la pena máxima de treinta años de prisión y falleció por un derrame cerebral, antes de terminar su condena. La hermana Miriam, cuyo verdadero nombre era Eugenia Baldomero, fue condenada a diez años por su complicidad en los delitos. Nueve meses después de estar recluida en la Cárcel de Mujeres de Panamá, fue hallada ahorcada dentro de su celda, colgando de una soga anclada a una viga del techo. Debajo de sus pies bamboleantes se encontró una Biblia tirada en el suelo abierta exactamente en el *Salmo 17*.

Las tumbas de los ancianos se mantuvieron dentro del cementerio del asilo, a petición de la hermana Fátima.

Los restos de la señora Gloriana fueron exhumados por orden de sus familiares y trasladados al Cementerio Amador. Los de Carlo Do Santo fueron devueltos a Alemania. El cuerpo de Hilario Carvajal Jaén lo enviaron a la morgue del Hospital

Santo Tomás, en vista de que no fue reclamado por algún familiar.

Finalmente, la hermana Fátima y las demás religiosas se hicieron cargo del albergue cuyo nombre fue cambiado a "El Asilo de la Santa Caridad". La señora Amanda logró celebrar sus ochenta años dos días antes de ser encontrada muerta en su cama, abrazada a su álbum de recuerdos.

El viejo ciego, don Oliverio, cantó su melodía favorita hasta el día de su muerte, pocos meses después del incidente en el asilo.

Hoy día, Katherine Almanza labora como jefa del Departamento de Enfermería del Hospital Santo Tomás y creó la Fundación Asilo de la Santa Caridad, donde muchas empresas privadas de todo el país se siguen uniendo a su noble causa, en apoyo a los ancianos desamparados.

Tiene dos hijos con su esposo actual, Oliver Carrasco, quien llegó a ser Director de la Policía Técnica Judicial, PTJ.

Las dedicadas monjas han continuado su labor como misioneras dentro del albergue.

La sala de muerte que se escondía detrás de la puerta negra del sótano del albergue, fue sellada para siempre.

El asilo permanece oculto en medio del denso boscaje del Valle de Antón. Como si aquella estructura antigua se agazapara entre los brazos montañosos de la fría región de Coclé. Un lugar que pareciera tener su propia noche… y su propia luna. Donde solo los pequeños testigos invisibles pueden dar fe de lo que realmente ocurrió allí, muchos años atrás.

Capítulo 14
La nueva residente

Asilo de la Santa Caridad, 1989

El portón principal del asilo retumbaba por los golpes recibidos por una repentina visita.

La madre superiora, Fátima, fue a atender el llamado.

Al abrir la puerta, vio a un hombre de mediana edad, alto, de cabello canoso, cubierto por un sombrero pintado, quien se encontraba acompañado de una anciana como de noventa años. Un bastón de madera sostenía su enclenque y encorvado cuerpo.

—¿En qué le puedo servir, señor? —preguntó curiosa la superiora.

—Disculpe, madre. Pero me encontré a esta anciana caminando sola por la carretera, camino a El Valle. Le pregunté si tenía familia y dijo que no. Incluso no recuerda de dónde viene. Pensé que la podrían ayudar en este albergue.

—En verdad, ¿no recuerda dónde vive, señora? —le consultó la religiosa.

—No, hermana. Este hombre tiene razón —contestó con la voz agrietada—. No tengo a nadie.

He recorrido muchos caminos buscando un hogar para vivir los últimos años de vida que me quedan. Pero si es mucha molestia, seguiré buscando un techo para dormir.

—No se preocupe. En este lugar hay espacio para usted. Gracias, señor, por traerla.

Aquel buen samaritano se retiró en su camión repleto de frutas, mientras era observado, desde la ventana, a través de los binoculares de don Arturo.

—Bienvenida al Asilo de la Santa Caridad. Disculpe, no me ha dicho su nombre.

—Solo dígame, Doña Cheba.

En ese momento, un gato negro con ojos amarillos apareció inesperadamente deslizándose a través de los arrugados tobillos de la anciana.

—¿Ese gato viene con usted?

—Sí. Es mi fiel e inseparable compañero.

—¿Tiene nombre?

La anciana le respondió con una tenue sonrisa.

—Por supuesto. Puede llamarlo… Sombra.

Todos los personajes y nombres que aparecen en esta obra son ficticios. Cualquier similitud o parecido con alguien de la vida real, es mera coincidencia.

Miguel Esteban González

Escritor panameño, locutor, publicista, presentador y productor de radio y televisión. Su elogiada trilogía, **El Guayacal**, forma parte de la Biblioteca Pública de New York, la Biblioteca del Congreso de los Estados Unidos en Washington y la Biblioteca del Instituto Ibero-Americano de Berlín.

Su obra **El Asilo Santo**, recibió el Premio Tristán Solarte por parte de la organización de Festival Panamá Negro como Mejor Novela Negra publicada en ese año. En el 2019 publicó **Un Grito a la Medianoche** y, al año siguiente, **Historias cortas para pesadillas interminables**. En 2022, publicó **Flores para Madelaine**.

Otras obras del escritor

www.ingramcontent.com/pod-product-compliance
Lightning Source LLC
LaVergne TN
LVHW041215150826
845673LV00001B/412

9789962128090